亡骸は語る

罷免家老 世直し帖 3

瓜生颯太

時代小説

二見時代小説文庫

目次

亡骸は語る——罷免家老 世直し帖 3

第一章　辻斬りと隠し金山

一

来栖左膳（くるすさぜん）は従者の長助（ちょうすけ）と共に張り終えた傘を届けようと、神田佐久間町（かんださくまちょう）の屋敷を出た。

文政（ぶんせい）四年（一八二一）弥生（やよい）一日の夕暮れ、江戸は満開の桜が咲き誇っている。夕風に舞う、薄紅（うすくれない）の花弁（はなびら）を左膳はそっと右手で受け止めた。

「春爛漫（らんまん）であるな」

呟（つぶや）くと足を止め、春の深まりを味わう。

来栖左膳、五十を過ぎた初老ながら髪は光沢を放ち肌艶もいい。浅黒く日焼けした面差しは苦み走った男前、紺地無紋の小袖の上からもわかる、がっしりとした身体つきだ。桜の花弁を持つ手はごつごつとしており、刀を握るのがふさわしい。

左膳は一昨年の文政二年（一八一九）の卯月までは出羽国鶴岡藩八万石大峰能登守宗里の江戸家老を務めていた。宗里は昨年の正月、家督を継いで新藩主となったのだが、身贔屓がひどくお気に入りの家臣を登用し、耳障りな意見を具申する者を遠ざけた。

家中に不満の声が高まり、左膳は諫言をした。結果、宗里に江戸家老職を罷免される。宗里は家中に留まることは許す、と恩着せがましく言ったが、左膳はそれを良しとせず、大峰家を去った。

以来、江戸藩邸に出入りしていた傘問屋鈿女屋の世話で神田佐久間町の一軒家に傘張りを生業として、息子兵部、娘美鈴と暮らしている。妻照江は三年前、病で亡くしていた。

「さて、行くか」

左膳は掌に花弁を乗せたまま歩き出そうとした。

長助も斜め後ろに従う。長助は二十年以上来栖家に奉公する年齢不詳の男だ。左膳が鶴岡藩大峰家を去っても変わらずに奉公している。

すると、柄の悪い男たちが左膳の行く手に立ち塞がった。その数七人。揃って小袖の襟をはだけ、目つきがよくない。一見してやくざ者である。

「邪魔だ」

左膳は進もうとした。

「お侍、金を貸してくださいよ」

真ん中の長身の男が声をかけてきた。

「断る」

きっぱりと左膳は返事をした。

「なら、通せねえな」

男は顎をしゃくった。

やくざ者たちは懐に呑んだ匕首を抜いた。

「金を貸すのが身のためだぜ」

男は脅してきたが、

「痛い目に遭うのはおまえらだ」

左膳は冷笑を放った。

長助が抱えていた風呂敷包みを解き、雨傘を左膳に投げ寄越した。左膳は桜の花弁を左の掌に移し、右手で傘を受け取る。

そこへやくざ者が匕首を手に突っ込んで来た。左膳は右手の傘で男の手を叩き、頬を殴りつけた。男は匕首を落とし、呻きながら屈み込む。

続いて三人が殺到する。

左膳は一歩たりとも動かず、傘で三人の顔面を殴打した。二人は鼻血を出しながら地べたをのたうった。

やくざ四人を退治した代償に傘が折れてしまった。

左膳は舌打ちをし、長助から新たな傘を受け取る。左掌の花弁はそのままだ。

二人が左右から匕首を向けてくる。

左膳は傘で二人の鎖骨を打った。骨が砕ける鈍い音と共にまたしても傘が折れる。

残るは長身の男だ。

男は恐怖に顔を引き攣らせながらも、

「てめえ、ぶっ殺してやる！」

自暴自棄となり、匕首をぶんぶんと振り回して近づいて来た。

左膳は長助から傘を受け取り、前方に突き出した。ろくろが咽喉を直撃し、男は後方に吹っ飛んだ。

左膳は左掌を口元に持って来て、ふうっと息を吹きかけた。

桜の花弁が宙を漂い、男の顔面に落下した。

すると、

「いや、お見事です」

柳の陰から男が表れた。

小銀杏(こいちょう)に結(ゆ)った髷(まげ)、縞柄(しまがら)の小袖を着流し、黒紋付を重ねる白衣(びゃくえ)姿である。羽織の裾を捲(まく)り上げ、帯に手挟(たばさ)んでもいる。一見して八丁堀(はっちょうぼり)同心とわかった。

ただ、右の袖が風にひらひらと揺れている。何らかの事情で右手を失ったようだ。

歳の頃は三十半ば、浅黒く日焼けした陰気な感じの男であった。

「南町の手塚(てづか)八兵衛(やへえ)と申します」

手塚は一礼し、鶴岡藩元江戸家老来栖左膳さまですね、と素性(すじょう)を確かめた。

「いかにも」

答えてから左膳は目で問い直す。

「来栖さまの腕試しをさせてもらったんですよ」

悪びれもせずに手塚は打ち明けた。左膳は憮然(ぶぜん)として、

「何のためかは知らぬが、不愉快極まる行いであるぞ」

言い返すや去ろうとした。

「それは平にご容赦を……で、どうでしょうね。おわび方々、お近づきの印に」

砕けた調子で言うと、手塚は左手で猪口を傾ける格好をした。

「貴殿と近づくいわれはない」

断りを入れ、左膳は長助を促した。

ところが手塚は聞こえなかったかのように、

「その先に夜更けまで営んでいる店があるのですよ。親父は不愛想だが味は確かですのでね」

手塚は左膳の意向を無視して歩き出した。八丁堀同心が何の用だ、という興味がこの無礼な男への不快感に勝ってきた。長助を鈿女屋に行かせ手塚に付き合うことにした。

「壊れた分は後日、届ける、次郎右衛門に申してくれ」

左膳は長助に鈿女屋の主人次郎右衛門への伝言を頼んだ。

案内された店は路地の行き当たりにあった。間口二間の小ぢんまりとした店だ。手塚は腰高障子を開けた。土間に縁台がふたつ並べられただけの殺風景な空間が広がっている。三人ばかりの先客がいた。

いずれも胸元をはだけ、横柄な態度で談笑していたが、手塚に気づくと揃って立ち上がりお辞儀をした。長身が一人、小太りが二人である。

そう、三人とも左膳を襲ったやくざ者に加わっていた。彼らは左膳に気づくとばつが悪そうな顔で頭を下げた。

一方、主人と思しき初老の男からは、「いらっしゃいませ」の一言もない。何が面白くないのか、苦虫をかんだような顔つきで立ったままだ。手塚と左膳を見ようともしなかった。

「仁吉、ご苦労だったな。おまえら、河岸を替えな」

手塚は袂から財布を取り出して口に咥えると、左手を中に入れ一分金を摘まみ出した。

「こりゃ、すまねえこって」

三人を代表して長身の男、仁吉が受け取った。

残る二人は媚びたような笑いを浮かべ、ぺこぺこと頭を下げる。すぐに三人は出て行った。

「酒と肴をみつくろってくれ」

主人に声をかけ、手塚は縁台に腰かけた。左膳も横に座る。時を経ずして主人が五合徳利と湯呑を二人の間に置いた。手塚が湯呑に酒を注ぎ、左膳に渡す。

「まあ、一献いきましょうや」

手塚に勧められ、左膳は酒を飲んだ。主人が瀬戸物の小鉢に入った肴をふたつと箸を持ってきた。

「田螺に昆布か」

手塚は美味いですよと左膳に勧めた。田螺を食べる。なるほど美味い。甘辛い味付けが抜群なのである。すり生姜を添えてあるのも好感が持てた。手塚が言ったように不愛想だが料理人として腕は確かなようだ。

落ち着いたところで、

「話を聞こう」

左膳は本題に入った。

手塚は前を向いたまま語り出した。

「この如月、神田界隈で立て続けに殺しが起きているんですよ。四人が殺されました。炭問屋の主人、御直参、医者……それに芸者です」

左膳は黙って話の続きを促す。

「四人は同じ辻斬の手にかかったと思われます」

手塚は言い添えた。

「同じ辻斬りの仕業と考えるわけは」

興味が湧いてきた。

「亡骸の傍らに風車が置いてあったんですよ」

「風車……」

左膳は首を捻った。

「縁日で売っているありふれた風車なんですがね、同じ風車が亡骸の傍らで寂し気に回っていたんですよ」

「それは何かのまじないか」

「わかりません。ただ、辻斬りには大きな意味があるんでしょうね」

「辻斬りは四人に恨みがあったのだな。ということは、四人には繋がりがあるということか」

左膳は手塚を見た。

「四人の身内に確認したんですがね、何の繋がりもないんですよ。ああ、そうだ！」

何か重要なことを思い出したように手塚は声を大きくした。左膳は黙って話の続きを待った。

「四人はみな一刀の下に斬り殺されていたのですが、刀傷というのが胴を真一文字に走っていたのです。四人ともですがね」

手塚は自分の腹に左手を添え、切腹するように真横になぞった。

「掃い斬りだな」

左膳は言った。

「同じ辻斬りの仕業と見ていいですよね」

という手塚の言葉にうなずいてから、

「辻斬りは居合を使うようだな。四人のうち、三人は町人、つまり無腰の者相手とはいえ、一刀で倒すとは腕は確かであろう。四人への恨みの有無は不明として、物盗りの線はどうなのだ」

「四人とも財布は盗られていませんでした」

手塚は物盗り目的ではない、と断じた。

「恨み、物盗りではないとすると……試し斬りか。業物の刀剣、あるいは己が腕を生身の人を相手に試したい、という常軌を逸した行いなのかもしれぬ。わしらからすれば、信じがたい所業なれど、刀剣に魅入られ、真剣を振るってみたい武士はおる。されど、弱い者を餌食とするのは武士の風上にも置けぬ不逞の輩であるな」

考えを述べ立てている内に左膳は下手人への怒りを滾らせた。

「まさしく、辻斬りは異常な奴ですよ」

手塚も顔を朱色に染めた。

「しかし、そんな殺し、いかにも読売が好みそうなネタであるが、書き立てておるのか……あ、いや、わしは好んで読売を買い求めぬが傘張りの仕事を通じて町人とも交流しておる。そんな物騒な記事であれば彼らから耳に入るはずだが……」

ふと、左膳は疑問に感じた。

「風車や掃い斬りのことは伏せているのですよ。ですから、四つの殺しが繋がっている、と見なす者はいないんでしょうな。となると、単なる辻斬りの一件ですからね、読売もこぞって記事にしてこなかったんです。物見高い江戸っ子の興味を引きませんからね」

手塚は答えた。

「そういうことか」

左膳は苦笑し、湯呑の酒を飲んだ。

二

それからおもむろに、

「それで、わしにそんな話をして……」

怪訝な目を左膳は手塚に向けた。

「来栖さまのお噂は耳にしております。羽州鶴岡藩八万石大峰能登守さまの江戸家老をなさっておられた。しかし、何故か御家を離れられた。御家におられた時は隠密を束ねられ、辣腕を振るっていらっしゃったのですな……今は市井にお暮しになっておられるが、それは仮の姿。実は、前御老中、大峰宗長さまの内意を受け、江戸の悪を退治なさっておられる……」

手塚はにんまりとした。

左膳は苦笑を漏らし、

「何処でそんな世迷言を仕入れたのか知らぬが……御家を離れたのは藩主能登守宗里さまの不興を買って罷免されたのだ。今は市井に暮らす傘張り浪人に過ぎぬ。隠密を束ねておったと申すが、泰平の世の隠密である。戦国の世の伊賀者、甲賀者とは大違いだ。大殿は老中職と藩主を辞されて以来、悠々自適にお過ごしだぞ。生臭い政とは縁を切っておられる。よって、江戸の悪を退治など出鱈目もいいところ、読売のネタになるような一件とは無縁だ」

左膳は淡々と返した。

ところが、

「なるほど、そういうことになっておるのですな」

手塚は妙な勘繰りをして、左膳の言葉を受け入れない。

「おい、いい加減にしてくれ。何度も申すがわしは一介の傘張り浪人だ。傘の要望なら聞くが、十手御用の手助けなどはできぬし、願い下げだ」

きっぱりと左膳は断った。

それでも、

「来栖さま、お力を貸してください」

おくめんもなく手塚は頼み込んだ。

「だから、わしは……」

首を左右に振って尚も断ろうとすると、

「あたしはね、許せないんですよ」

手塚は憤りを示した。

「なんだ、唐突に」

左膳は手塚を見た。

「辻斬りは、身分にあぐらをかいて好き放題やっている悪党ですよ」

手塚は言った。

「何が言いたい。ようわからんが」

左膳が戸惑いを示すと、

「あたしはね、決して誠実無比の同心じゃござんせんよ。博徒どもから袖の下も受け取って手入れの目こぼしをしてやっている、とんだ悪徳同心でござんす。そんなあたしですがね、自分を棚に上げてでも、今回の一件を許すことはできねえんです」

手塚は強く言い立てた。

その様子から左膳は察した。

「辻斬りは身分ある侍なのだな。それゆえ、町方は手出しができぬ。それを、貴殿は憤っておるのか」

「お察しの通りですよ。面白がって、辻斬り野郎は人を斬っていやがるんです。そんな奴を許せますか」

「許せるものか。しかし、町方とて相手が侍であろうと、手を出せぬことはあるまい」

士分にある者であろうが江戸市中で刃傷沙汰を起こせば町奉行所は捕縛できる。但し、大名屋敷や旗本屋敷の中に立ち入ることはできない。

「下手人の見当はついておるようだな」

つい、左膳は手塚に引き込まれた。

落ち着きを取り戻し、

「ついております」

手塚は静かに答えた。

名前を聞けば、この一件に関わってしまうことになる、とはわかりつつも好奇心を抑えることができない。また、ここまで話を聞いたのに、辻斬りが身分ある侍であるからといって聞かずに立ち去るのは卑怯な気もする。

「何者だ」

腹を括って問いかけた。

「直参旗本、大柳玄蕃……さまです」

手塚は答えた。

「大柳玄蕃とは……」

最早後戻りはできない。

「直参旗本二千五百石、小普請組でいらっしゃいます。神田司町に屋敷を構えておられますな」

「小普請組か……」

つまり非役である。

「大柳玄蕃さまは無類の刀剣好き、そして目利きでいらっしゃいます」

大柳は刀剣の目利きの確かさで大名、旗本から家宝にしている刀剣の目利き、更には砥ぎを依頼されているそうだ。その礼金により、小普請組にもかかわらず、裕福な暮らしを送っているという。

「大柳の仕業と疑うわけは何だ」

あくまで冷静に問いかけた。

「三年前のことでした……」

記憶の糸を手繰り寄せるように手塚は虚空を見つめた。

三年前にも、神田界隈で辻斬りが起きたそうだ。斬られたのは夜鷹や物乞いたちであった。併せて五人が犠牲になった。

「いずれも、大柳さまの屋敷から十町四方で殺されていました。銭、金は奪われておりませんでした。刀の試し斬りに違いなかったのですよ」

当時、大柳の異常なまでの刀剣への執着ぶりから試し斬りのために犯行を繰り返しているのではないか、と疑いの声が神田周辺で上がっていたそうだ。

「しかし、相手は御直参、御屋敷に立ち入ることはできません」

それでも手塚は諦めることなく、大柳屋敷を張り込んだ。

「毎晩張り込み、五日目の晩でしたね」

大柳屋敷の表門脇の潜り戸から侍が出て来た。頭巾を被っていたが背格好からして大柳に間違いはなかった。

手塚は後を追った。

途中、姿を見失った。しかし、女の悲鳴が聞こえた。

慌てて駆け着けると夜鷹が斬られていた。周囲を見回すと大柳の背中が見えた。

「あたしは侍を呼び止め、十手を向けました。相手は大柳玄蕃だと名乗りました」

しかし、大柳は夜鷹を斬ったのを否定したそうだ。

「そんなことは信じられず、あたしは御刀を検めさせてください、と申し出たんです」

大柳は無礼者、と一喝し、その場を立ち去った。

「でもね、それで尻尾を巻いて退散するようじゃ、十手が泣きますよ。悪徳でも八丁堀同心の意地ってもんがあります」

手塚は追いすがり、尚も十手を差し向け、詳しい話が聞きたい、お刀を検めさせてください、と頼んだ。

「しかし……ですよ」

大柳の斬撃は凄まじかった。

「それが、この様です」

手塚は右腕を見せた。十手を突き出した右腕の肘から先を大柳は掃い斬り、一閃で斬り飛ばした。

「振り向き様でしたね。やられた悔しさ、痛みにも増して鮮やかな斬撃があたしの脳裏に刻まれたんです。抜く手も見せず、とはあのこと」

流星のような一撃であったそうだ。

あんな鮮やかな手並みは見たことがないと手塚は繰り返した。

大柳は小判一両を手塚に放り投げ立ち去った。治療費にしろ、ということだった。

「それから、辻斬りはぱったりと出現しませんでした」

大柳の仕業に違いない、と手塚は確信を以って強調した。

なるほど、今回の辻斬り騒動で繰り出されている掃い斬りという技も同じである。

「三年前も風車は亡骸に添えてあったのか」

「ありました。ですから、今回の辻斬りが起きた時、あたしは大柳さまの仕業に違いないって思ったんです。ほとぼりが冷めたからと大柳さまは辻斬りを繰り返し始めたんですよ。まったく、性質が悪いにも程があります」

語るうちに手塚は再び怒りを募らせた。

「奉行所で報告しなかったのか」

左膳の問いかけに手塚は薄笑いを浮かべ、

「しましたよ。与力、御奉行……しかし、動いてくれませんでした」

大柳は刀の目利きを通じて大名、旗本に近しい者が少なくない。確かな証拠がないのに、辻斬りの現場を見た者がいるわけでもないのに、大柳玄蕃に辻斬りの嫌疑をかけることに南町奉行所は及び腰だったのである。

「泣き寝入りするしかありませんでしたよ」

手塚は悔しそうに顔を歪めた。

「さぞや悔しかったであろう」

左膳は手塚の気持ちを汲み取った。

「ですからね、今度こそ、捕まえてやりたいんですよ」

決意を示すように手塚は左手で腰の十手を抜いた。

「水を差すようだが、今回の辻斬りを大柳の仕業と決めつけてよいのか。風車、掃い斬り、という根拠からすれば同じ者の仕業のようだが、それを真似している、とも考えられるぞ」

左膳は疑問を呈した。

「十中八九、いや、十、間違いないと睨んでおりますよ」

十手を脇に起き、手塚は言った。

「その十とは」

左膳は問を重ねる。

「三年前も風車と掃い斬りのことは伏せていたんですよ。ですから、下手人以外は風車のことは知らないはずです。同じ下手人の仕業に違いありませんよ……三年前、あたしを斬った大柳玄蕃さまこそが辻斬りです」

十中十とまでは言えないが、大柳玄蕃が辻斬りの可能性は高い。

「それなら、わしなんぞを頼らず南町の朋輩と共に大柳殿が辻斬りである確かな証を見つけるなり、辻斬りの現場を押さえるなりすればよかろう」

左膳は言った。

「おっしゃる通りですがね、あたしは定町廻りを外されているんですよ」

三年前の一件が大柳に無礼を働いたと見なされ、手塚は定町廻りをお役御免となったそうだ。

以来、臨時廻りになっている。臨時廻りは特定の縄張りを持たず、定町廻りの手助けを行う。定町廻りを務めた練達の者たちが就くのだが、手塚の口ぶりからして本来の臨時廻りの役目は課されていないようだ。

「それに、このところ奉行所は天罰党の一件で忙しいですからね」

この一カ月、天罰党と称する者たちが幕府の要職者を襲い、斬殺している。犠牲になったのは関東郡代大森弥之助、勘定奉行三森伊勢守元忠、長崎奉行太田修理亮である。

いずれも夜更けに駕籠で移動中に襲われた。亡骸の懐には、「天罰」と大書された書付が入れてあることから、誰ともなく下手人たちを天罰党と呼ぶようになったのである。

長崎奉行太田修理亮は老中へ長崎交易報告のため、江戸に逗留していたのだった。

「将軍さまのお膝元で将軍さまのお役人が立て続けに殺された、しかも天罰だなんてうそぶかれたんじゃあ、公儀の体面は丸つぶれですからね、なんとしてもお縄にしなきゃいけないってんで、南北町奉行所、火盗改(かとうあらため)は血眼(ちまなこ)になっていますよ」

だから、手塚の応援をしてくれる者はいないということだ。

そもそも、今回の辻斬りの一件、手塚は探索に関わっていないそうだ。北町奉行所が取調べを行ったのだ。三年前と同じ、神田界隈で発生した辻斬りに興味を覚え、手塚は北町奉行所に出向いて風車と掃い斬りの事実を耳にして大柳玄蕃の仕業だと確信したのである。

「北町に任せるわけにはいきませんよ。北町だって天罰党探索を優先させているし、大柳さまの仕業だとわかっても触(さ)らぬ神に祟(たた)りなし、ってわけで手出しをしませんや」

そうしたことから、大柳は絶対に自分の手でお縄にしたい、と手塚は思っているようだ。

左膳は天罰党に興味を抱いた。

「巷(ちまた)の評判によると天罰党は陸奥国(むつのくに)三春藩(みはるはん)五万五千石、鈴鹿壱岐守(すずかいきのかみ)さまの旧臣たちだそうだが……」

鈴鹿家は五年前に改易された。改易の理由は藩主鈴鹿壱岐守秋友に嗣子がなかったためとされた。ところが、末期養子の願い出は幕府に出されていたのに無視された、という噂が立った。

この噂に便乗し、読売はここぞとばかりに面白おかしく書き立てた。

三春藩鈴鹿家には隠し金山があり、幕府はそれを手に入れようとして改易に追い込んだというのである。

南町奉行所は根拠のない作り話だとして、書き立てた読売屋を処分した。読売屋は営業停止百日、主は五十日の手鎖に処された上に五十両の科料に処せられた。このため、鈴鹿家改易について取り上げる読売はなくなった。物見高い江戸っ子も関心を失くし、程なくして誰も話題にしなくなってから五年が経つ。

それが今回、天罰党に殺された三人がいずれも鈴鹿家改易に関与した人物と判明するに及び、再び鈴鹿家改易騒動が話題になっている。こうなると、派手な記事に仕立てるのが読売だ。隠し金山騒動を蒸し返しているのだ。

五年前、勘定奉行三森伊勢守は勘定吟味役、関東郡代大森弥之助は三春藩領に隣接した天領の代官、長崎奉行太田修理亮は公儀目付であった。

天罰党が鈴鹿家改易の恨みを晴らすべく蠢動している、という記事に加え、彼らは隠し金山の在処を記した絵図を探し求めている、とも騒ぎ立てている。

また、読売によると三人の亡骸に残された天罰党の書付には鈴鹿家再興を願う文が添えてあったそうだ。読売は天罰党に同情を寄せ、強欲な幕府要職者を非難し、鈴鹿家再興を応援する記事を書き立てて、庶民も喝采を送っている。

ところが不思議なことに、幕府の取締りは緩い。街角で読売屋が読売を売っている現場に町奉行所の役人が遭遇すれば止めさせるものの、読売の発行までは禁じていない。

殺された三人への非難が幕政への不満に繋がることを危惧しているのか、書きたいだけ書かせて、読売屋が図に乗ったところで一斉に検挙して潰してしまうのか、左膳にはわからない。

「読売が好き勝手に書き立てる隠し金山騒動はともかく、公儀の要職にある方々が天罰党に殺されたのは事実ですのでな、町奉行所は探索の手を緩めるわけにはいかぬのです」

手塚の言う通りだろう。

「天罰党の一件にわしが関わるわけにはいかぬ。町方や火盗改の健闘を祈念致そう」

左膳が天罰党の話題を打ち切ったところで、

「頼れるのは来栖さまだけなんですよ。おわかり頂けましたか」

　改めて手塚は助勢を頼んできた。

「それで、わしは何をすればよいのだ。まさか、一緒に大柳玄蕃殿の探索をせよというのか」

　左膳が承知したことを手塚は喜び、

「探索ではござんせん。一緒に張り込んで頂きたいんです。それで、大柳さまが御屋敷から出て来られた時、あたしに付き添ってください。あたしは、大柳さまに正面切って辻斬りかどうかを確かめます。武士の沽券にかけて辻斬りかどうか話してください、と頼みますよ。そん時、三年前みたいに掃い斬りを食らっちゃあたまらないですからね。今度は左手を斬られたんじゃ、おまんまも食えねえ、酒も飲めねえ……いや、左手ですみゃいいが、首を斬られるかもしれませんや。犬死（いぬじに）はしたくありませんから、来栖さま、どうか」

　手塚は頭を下げた。

「わかった、引き受けよう。大柳殿が刃を抜いたなら守ってやる。但し、大柳玄蕃殿が辻斬りではない、とわかれば手を引くのだぞ」

　左膳は念を押した。

「承知しました」

手塚は何度もお辞儀をした。

三

必ずしも腑に落ちたわけではないが、左膳は隻腕の八丁堀同心手塚八兵衛に付き合うことにした。

もし、大柳玄蕃が辻斬りだとしたら、手塚の糾問を正直に認めるだろうか。武士の沽券にかけて、と言われたところで一人の旗本以外は丸腰の者を斬殺するような卑劣奸である。素直に白状するであろうか。

手塚の思いは心もとないが、彼の執念にも似た八丁堀同心の使命感に心惹かれての付き添いだ。

居酒屋を出た足で神田司町にある大柳玄蕃の屋敷に向かった。

霞がかった夜空は月のない闇夜だが星が瞬き、夜目に慣れたせいもあって歩くに不自由はない。

手塚によると三町程北に歩くそうだ。

夜風に柳の枝が揺れ、盛りのついた猫の鳴き声が聞こえる。

「ったく、いい気なもんだ」

手塚は足を止め、猫の鳴き声が聞こえる方を見た。うらぶれた寺だ。山門は朽ち果て練塀の瓦は剥がれ落ち、所々に穴が空いている。

「荒れ寺ですがね、境内に乙な庵があるんですよ。もっとも、その庵も庵だか荒れ野の小屋なんだかわからねえような有様ですがね、お聞きの通り盛りのついた猫の棲み処になってますよ」

大柳との対決を前に手塚は緊張を解したいのか、

「にゃあお〜」

猫の鳴き声を真似、再び歩き始めた。


大柳屋敷に着いた。

野良猫が棲みついた荒れ寺とは違い、直参旗本二千五百石を表す堂々たる長屋門を備え、高さ二間はあろう練塀が連なっている。練塀越しに松が見事な枝を伸ばしていた。

長屋門前に植えられている柳の陰で左膳と手塚は大柳が出て来るのを待った。

大柳が出かける保証はないが、

「大柳さまは毎月、一日と十一日、二十一日という一のつく日には今時分になるとお出かけになるんですよ」

手塚は下調べをしていた。

三年前に張り込んだ時に気づいたそうだ。今回の辻斬りは先月、すなわち如月に起きた。四人目の犠牲者は如月の二十五日の晩に亡骸が見つかったそうだ。三年前の習性を大柳が続けていれば今晩も外出するはずだ、と手塚は踏んだのだった。

大柳が何処へ行くかは不明だ、と言い添えてから、

「白状しますとね、後をつけるのが怖くなってしまいましてね……ですから、こうやって大柳さまが出て来るところを見ているだけなんですよ」

情けない、と手塚は肩を落とした。

励ますように左膳は手塚の肩を叩き、

「辻斬りに倒れた四人が斬られたのは一のつく日だったのか……違うだろう。四人目は二十五日だと申したではないか」

と、気になることを確かめた。

「だからって、大柳さまの仕業じゃないってことにはなりませんよ。あてにするのは

一のつく日の晩には何処かへ出かけるってことなんですから」

手塚の言い分に左膳は敢えて異を唱えなかった。手塚に付き合うと引き受けたからには手塚が納得するようにしてやりたい。

四半時程経過し、夜五つを告げる鐘の音が聞こえた頃、長屋門脇の潜り戸から人影が現れた。頭巾を被った中肉、中背の侍、小袖に袴を穿いているが羽織は重ねていない。

「大柳玄蕃か」

左膳が囁くと、手塚は無言で首肯した。

次いで、ごくりと生唾を呑み込む音がした。意を決したように手塚は左手で腰の十手を抜き、大柳に近づいていった。左膳も続く。

大柳は手塚に気づき立ち止まった。

が、訝しんでいる。

手塚が何者なのかわからないようだ。

「三年前は失礼しました。南町の手塚八兵衛でございます」

手塚は一礼した。

大柳は左膳を一瞥したが、無視するように手塚だけに語りかけた。名乗られ、手塚を思い出したようだ。

「先月神田界隈で辻斬りが起きたな。おまえ、性懲りもなく拙者を疑っておるのであろうが、三年前同様、関わりないことじゃ」

早口で言い置くと、大柳は足早に立ち去った。すかさず、手塚は追いかけて行く手を塞いだ。再び大柳は足を止め、

「退け。さもないと、左手を斬るぞ」

静かな声で威嚇した。

全身が殺気立っている。

左膳は手塚の右横に並び立った。大柳の掃い斬りから手塚を守るためだ。

十手を差し出す手塚の左手がぶるぶると震えた。大柳の殺気に威圧されているようだ。

それでも、

「たとえ、首を斬られたって構いませんや。大柳さま、武士の沽券にかけてお答えください。三年前と今回の辻斬り、あなたさまの仕業ですね」

と、張り詰めた声音で問いかけた。

大柳は手塚を睨み、

「答えるまでもない」

と、立ち去ろうとした。

堪らず左膳が、

「お答えくだされ」

と、質した。

ここで初めて大柳は左膳を見た。

「何処のどなたかは存ぜぬが、お互い、名乗れば抜き差しならぬ事態となろう。今夜はこれにて御免」

取り着く島もなく大柳は足早に歩き去った。

「大柳さま！」

手塚は怒鳴ったが大柳が振り返ることはなかった。

「けっ……」

手塚は道端の石ころを蹴飛ばした。

「追いかけるか」

左膳が問うと手塚は力なく首を左右に振ってから、

「あの様子じゃ、追いかけりゃ、来栖さまと斬り合いになりますよ。いくらなんでも、来栖さまに刃傷沙汰までは頼めません。側に付いていただくのが精一杯でさあ。来栖さま、せっかくお付き合いくださったのに、煮え切らねえことで申し訳ござんせんでした」

神妙な顔で謝った。

「なに、引き受けたのはわしの意志だ。気にするな」

左膳は笑みを返した。

四

明くる二日の昼、左膳の息子兵部は道場にいた。

鈿女屋が用意してくれた神田明神下にある一軒家だ。来栖天心流を指南しているのだが、門人はそれほど多くはない。

来栖天心流という流派が江戸では聞きなれないこともあるが、兵部の稽古が厳し過ぎ、せっかく入門しても数日と保たずに辞めてゆくのだ。

兵部は狭い場所で威力を発揮する来栖天心流に不満を抱き、大胆に剣を振るう剛剣に取り組んでいる。

道場破りなどもやって来る。大抵の道場が適当な路銀（ろぎん）を渡して帰ってもらうのに、兵部は腕が試せる好機だし、様々な流派の剣を知ることができると歓迎し、遠慮なく打ちのめしてしまう。

こんな融通（ゆうずう）の利かなさも道場の門人が増えない原因だった。

二十六歳、六尺近い長身は道着の上からもがっしりとした身体つきだとわかる。肩は盛り上がり、胸板は厚く、首は太い。面長（おもなが）で頬骨の張った顔は眼光鋭い。眦（まなじり）を決して稽古に勤しむ姿は、剣を極めようという求道者の如きであった。

そんな兵部が珍しく入門者を迎えている。

「先生」

いきなりそう呼ばれ、尻がこそばゆくなる。

呼んだのは二十歳くらいの女性である。武家の妻女風で、しっかり者のような感じがする。その女性が男を伴（ともな）っていた。歳の頃、十五、六の少年と呼ぶ方が適当な若侍だ。

女性は若者に目配（めくば）せした。

若侍が、

「直参旗本、小出淳之介（こいでじゅんのすけ）と申します」

と、名乗ったのに続き、

「姉の寿美代でございます」

女性も自己紹介をした。

「おれに入門したいのか。おまえさん、物好きだな。町道場などいくらもあろう」

兵部は冗談めかして言った。

「是非とも、来栖先生にお願いしたいのです」

寿美代が申し出た。次いで、淳之介に向かい目配せをした。淳之介はおどおどとしながらも、

「よろしくお願い致します」

と、両手をついた。

「いや、おれなんぞに弟子入りしなくとも、れっきとした直参旗本なんだから、他の道場を当たったほうがよいように思うぞ。その、なんだ、色々としがらみというものもあろう」

兵部は言った。

「是非、来栖先生に」

寿美代は言葉を重ねた。

「おれに弟子入りしたいというのはわけがあるのか」

疑心暗鬼になった自分が情けない。

「ございます」

はっきりと寿美代は言った。

「なんだ」

兵部は訊く。

「父の仇を討ちたいのです。いや、討たねばならないのです」

思いつめたような顔で淳之介は言った。

「仇討ち……」

兵部は寿美代に視線を移した。

寿美代は居住まいを正して語り出した。

二人の父、小出龍之介は五日前の如月二十五日に斬殺された。小出は正義感が強く、立て続けに起きた辻斬りに備え、一人で夜回りを始めた。

夜回りを始めた七日目、小出は二日後に辻斬りと遭遇したのだ。

寿美代と淳之介は心配になり、後をつけた。神田明神の鳥居近くに至ると、

「父は辻斬りに斬られておりました」

寿美代は無念そうに唇を嚙んだ。

息も絶え絶えの小出は、

「辻斬りは大柳玄蕃で……と言い残したのです」

寿美代は言った。

「大柳玄蕃とは」

兵部は問いかけた。

「父とは顔見知りの小普請組のお方です。刀剣に目がなく、刀の目利きには定評があります」

と、説明を加えた。

「実は大柳さまには三年前も辻斬りの疑惑があったのです」

寿美代は言い添えた。

三年も神田界隈で辻斬りが発生した。その時も大柳が下手人ではないか、と噂が立っていた。

「父も大柳さまを疑い、大柳さまの御屋敷の周辺を見回っていたのです」

寿美代の言葉にうなずき、

「案の定、大柳であったということか」

　兵部は念を押した。

「違いございません」

　寿美代は強い眼差しを兵部に向けた。

　しかし、兵部は首を捻り、

「お父上は大柳玄蕃で……と言い残したのだな。それは、大柳玄蕃ではない、と言いたかったのかもしれぬ」

　と、疑念を投げかけた。

「いえ、わたくしは大柳玄蕃であった、と言い残したかったのだと思います」

　断固とした物言いで寿美代は言い立てた。

「失礼ながら、寿美代殿が大柳玄蕃の仕業とお考えなのは、三年前の辻斬りが大柳という噂を信じてのことではござらぬか」

　兵部は冷静に疑念を重ねた。

「正直申しまして、それもあります。ですが、それだけではありません。わたくしは剣につきましては全くの無知でございます。ですが検死をしたお医者から刀傷のことを聞きました。刀傷は三年前の辻斬りと同じであったそうです」

「どのような刀傷であったのですか」

「腹を真一文字に切り裂いておりました」

寿美代は右手で帯をさすった。

「横一閃か……掃い斬りですな」

兵部は座したまま右手を横に振った。

それからおもむろに、

「では、大柳玄蕃はお父上を斬った、と認めておるのか」

「北の御奉行所が取調べを行ってくださったのですが、大柳さまは身に覚えはない、と否定なさったそうです」

北町奉行所は、それ以上は大柳を追求しなかった。

「では、仇討ちにはならんではないか。単なる果し合いだ」

兵部は淳之介を見た。

「果し合いも辞さずです」

淳之介は言葉に力を込め、兵部を見返した。

「気負う気持ちはわかるがな……で、大柳玄蕃というのは刀の目利きでは定評があるのだろうが、剣の腕の方はどうなのだ。ああ、そうだ。お父上の剣の腕前は……」

兵部は問いかけた。

寿美代が答えようとしたのを淳之介が制して言った。

「大柳殿は居合の達人と評判です」

「居合か……なるほど、掃い斬りを使ったとしても不思議はないな。して、お父上は……」

兵部は目を凝らした。剣客としての興味がうずいた。

「父も引けを取りませぬ。わたしは幼かったのでほとんど覚えておりませぬが、父は陸奥国三春藩鈴鹿壱岐守さまの藩邸に出向き、壱岐守さまや御家来衆に剣術の指南をしておりました」

淳之介は言った。

「鈴鹿家というと五年前に改易されたのだったな。近頃では読売が盛んに書き立てておるではないか。天罰党なる集団が鈴鹿家改易に関わった公儀の役人どもを斬っておるとか。読売の記事を真に受けるわけにはいかぬが、天罰党は鈴鹿家の旧臣たちで御家再興を願っておるそうだ……御家再興を願うのに公儀の要職者を斬るとは矛盾した行いだが、斬られた者たちは鈴鹿家の隠し金山を摘発し、金の一部を自分たちの懐に入れた奸物ゆえ、まずは公儀の間違ったお裁きを糾弾しているとか。まるで草双紙のような話が流布しておるな。ま、それは余談として、大名藩邸で剣術を指南なさっておったとは、お父上は一角の剣客であられたのだろう。お歳は……」

兵部は淳之介と寿美代を交互に見た。寿美代が、

「四十六でございます」

と、答えてから歳は重ねても剣の修練を怠ることはなく、毎日素振りをし、型の稽古にも余念がなく、折を見て懇意にしている町道場で汗を流していた、と言い添えた。

「大柳殿はいくつになられる」

兵部は問いを重ねた。

寿美代は答えた。

「三十四と北の御奉行所の同心殿から耳にしました」

「干支で一回りの年の差か……大柳が辻斬りとして、歳の差が招いた悲劇かもしれぬな。いずれにしても、ご無念であられただろう」

静かに兵部は両手を合わせた。

寿美代と淳之介も合掌する。

小出龍之介の冥福を祈ってから、兵部は疑問を口にした。

「大柳が辻斬りを繰り返すのはどうしたわけだ。物盗り目的ではなかろう。となると、

無類の刀剣好きゆえの試し斬りであろうか」

「わたしも同じ考えです。大柳は己の腕と刀剣の試し斬りをしたいのです。常軌を逸しているとしか思えない行いです」

膝に手を揃え淳之介は目をこらした。

「そうだとしたら、大柳玄蕃、野放しにはできぬな」

兵部の言葉に、

「さようでござりましょう」

我が意を得たとばかりに寿美代は勢いづいた。

「しかし本当に、大柳が辻斬りと見なしてよいものか。おれは、大柳を知らぬゆえな……あ、いや、寿美代殿や淳之介殿を疑っておるわけではないぞ」

兵部は顎を掻いた。

「間違いありません」

淳之介は語気を強めた。

「ところで、どうしておれに剣を学びたいのだ」

兵部は煮え切らない。

「大柳の居合に勝つには来栖天心流剛直一本突き以外にはないのです」

思いつめたように淳之介は答えた。

「ずいぶんと買いかぶってくれるな……しかし大柳玄蕃という御仁にいささか興味を抱いた。一度、会ってみたいな」

兵部の願いを、

「大柳に会う必要はありません。あのような獣……」

寿美代は強い口調で否定した。

「獣の顔を見てみたいものだな」

抗うように兵部は繰り返した。

寿美代と淳之介は顔を見合わせ、口を閉ざした。沈黙の後、

「先生、入門をお願い致します」

改めて淳之介は願い出た。

「入門か。まあ、見ての通りの貧乏道場だぞ。淳之介殿の望みの稽古ができるかどうか。申しておくが、剛直一本突きのみを伝授するわけにはまいらぬ。一本突きの習得に至るには来栖天心流の修練を重ねる必要がある。一朝一夕には参らぬのだ」

と、懸念を示したところで、ぞろぞろと門人たちが入って来た。妹の美鈴や鉚女屋次郎右衛門から強く勧められ、道場主のあり方として剣の道の求道者としてではなく、

生計を立てる手段ということを頭に置いて、侍、町人を問わず門人を取るようになったのである。

この時代、中西派一刀流などの防具を身に着けた剣術の流派が流行り、町人の間でも剣術を学びたい者が増えている。

そうした者たちを受け入れるよう、次郎右衛門から説得され兵部は門人とした。みな、次郎右衛門が懇意にしている商家の主ばかりだ。控えの間に寿美代と淳之介を残し、兵部は道場に立った。

五人が面、胴、籠手といった防具を身に着け、竹刀を手にしている。兵部は来栖天心流に拘らず、剣術のいろはから手ほどきを始めた。

まずは、素振りを教える。

へっぴり腰でとても竹刀を振るう姿勢ではないのだが、根気よく兵部は指導して回る。

「よいか、竹刀はな、腕で振るのではない。腰だ。腰で振るのだ」

兵部の助言を理解できない門人はきょとんとなって、

「腰で竹刀は持てませんが」

真顔で問い直す始末である。

兵部は笑顔を取り繕い、

「いや、そういう意味ではない。腰が大事だと言いたいのだ。足腰がしっかりと定まらないことには正しく竹刀は振れない。正確に振れないと腕を痛めるぞ」

嚙んで含めるように言い、兵部はお手本を示して見せた。

門人たちは素直に兵部の教えに従い、真顔で素振りを始めた。まだまだ、十分ではないのだが、それでも、まずは竹刀に慣れさせようと兵部は黙って素振りを続けさせる。

何回振れとかもっと早くとかは口にせず、門人各々の調子に任せた。

以前の自分なら、全て自分の考え通りに稽古をさせたものだが、剣術に無縁だった町人である。たちまち音(ね)を上げてしまうだろう。ここは、我慢だと兵部は自分に言い聞かせている。

「うむ、みな、中々筋(すじ)がよいぞ。その調子で続けよ。但(ただ)し、歯を食いしばって頑張らずともよい。辛(つら)くなったら休め」

次郎右衛門の勧め通り、世辞(せじ)を使うことも忘れず兵部は門人たちに声をかけ、控えの間に戻った。

「見ての通りだ」

兵部は淳之介と寿美代に声をかけた。

淳之介は黙って兵部を見返す。

「こんな調子の稽古なのだ。おれは、門人を差別はしない。町人だろうが武士だろうが関係ない。今、淳之介殿が入門するとしたら、あの者たちの弟子ということになるのだぞ。それでもよいのか」

断るだろうと思い、兵部は問いかけた。

寿美代が、

「お言葉ですが、淳之介は剣の基本は備わっております。ですから、門人方とは違う稽古をして頂きたいのです」

と、申し入れた。

「寿美代殿、それはできぬな」

兵部は右手を左右に振った。

「稽古料でしたら……」

寿美代が口にしかけたところで、

「銭、金の問題ではない。むろん、こんな貧乏道場ではあるゆえ、銭金に苦労しておる。だが、稽古料の多寡で稽古を変えるわけにはいかぬ」

きっぱりと兵部は断った。

寿美代は、

「わたくしの不心得をお詫び申し上げます」

と、慌てて詫びた。

ここで淳之介が、

「先生、わたしはみなと同じでよいのです」

と、願い出た。

寿美代が非難の目を向けるが、

「姉上、わたしは一から剣を学びたいと思います。剣の道を進む者として、それが本来のあるべき姿だと思います」

淳之介の真摯さに心打たれたようで、

「そうですね……よくぞ、申しました。わたくしが間違っておりました」

寿美代も従った。

「まこと、それでよいのだな」

兵部は念押しをした。

「お願い致します」

改めて淳之介は頭を下げた。それを見て寿美代も両手をついた。

「ところで、大柳玄蕃という御仁、一度見てみたいな」

野次馬根性が兵部の中でめらめらと湧きだした。

「刀ですよ。刀の目利きを頼めば会ってくれると思います」

淳之介が言った。

「刀剣に目がないということだな……ならば、刀屋にでも扮装するか」

冗談めかして兵部は言った。

「そうではなく、伝来の名刀を見せるのです」

「伝来の名刀など持っておらんぞ。ご覧の通りの貧しい道場主だからな」

兵部は顎を掻いた。

「当家にもこれといった名刀などありませぬし……」

淳之介は申し訳なさそうに面を伏せた。

「まあいい。大柳に会うのは後回しだ」

兵部は腕を組んだ。

「ならば、明日から稽古に参ります」

淳之介と寿美代は丁寧に頭を下げて帰っていった。

五

二日の夕暮れ、左膳は神田相生町の小体な一軒家の前で立ち止まった。箱行灯に灯りが灯され、暖簾が春風に揺れている。目に鮮やかな浅葱色地に白字で小春と屋号が染め抜かれていた。

ごく自然に心が和んだ。

暖簾を潜り、店の中に入った。

「いらしてますよ」

女将の春代が笑顔で挨拶と共に待ち合わせ相手が既に来店していることを伝えた。

春代は三十前後、瓜実顔、雪のような白い肌、目鼻立ちが調った美人である。笑顔になると黒目がちな瞳がくりくりとして引き込まれそうになる。

地味な弁慶縞の小袖に身を包み、髪を飾るのは紅色の玉簪だけ、化粧気はなく紅を差しているだけだが、匂い立つような色香を感じる。噂では夫に先立たれ、この店は死んだ亭主が営んでいたそうだ。夫は腕のいい料理人だった。春代は夫の味を守ろうと、奮闘しているのだった。

小上がりに畳敷が拡がり、細長い台がある。客は台の前に座り、飲み食いできるような店構えだ。四人ばかり先客がいて、声を大きくすることなく酒と料理を楽しんでいた。

「今日は蛤がお勧めですよ」

春代に勧められ、左膳は喜んで頼んだ。

先客は左膳の旧主大峰能登守宗里の父、隠居した大殿宗長である。二年前、還暦を機に宗長は家督を宗里に譲った。宗長は幕府老中を務めていたのだが、老中職も辞し、白雲斎と号して根津にある中屋敷で悠々自適の余生を送っている。

白雲斎は幕府老中を務めた切れ者であったが幕政ばかりか、大峰家鶴岡藩の藩政においても辣腕を発揮した。財政難に苦しむ大台所を改善すべく、領内の名産紅花の栽培を振興し、鶴岡湊を修繕し、新田を開墾し、領内を活性化させて名君と評判を取った。

白雲斎は奥の小座敷で待っていた。

還暦を過ぎ、髪には白いものが目立ち、髷も以前のように太くはないが、肌艶はよく、何よりも鋭い眼光は衰えていない。面長の顔に薄い眉、薄い唇が怜悧さを漂わせてもいた。総じて老中として幕政に辣腕を振るってきた威厳を失ってはいない。

今日に限らず白雲斎は左膳と酒を酌み交わすのを楽しみとしている。

左膳のためにおからがある。

白雲斎には鰆の味噌焼が供された。

「相変わらず、美味いのう」

目を細め、白雲斎は鰆を賞味した。ひとしきり酒を酌み交わしてから、

「ところでのう、左膳」

と、本題に入った。

左膳は居住まいを正した。

「実はな、大柳玄蕃についてなのだ」

意外な名前が白雲斎の口から語られ、左膳は戸惑いの目をした。

「大柳玄蕃殿がいかがしましたか」

「無類の刀剣好き、目利きの名人……そして辻斬り……そなたの耳にも入っておるのではないか」

白雲斎の表情が引き締まった。

「辻斬りの噂がありますこと、確かに耳にしております」

つい昨夜、南町奉行所の同心、手塚八兵衛と大柳に会ったばかりとは口に出さなかった。

「大柳玄蕃という男、真っすぐな気性じゃ。わしも刀剣の目利きをしてもらったことがある」

「ほう、白雲斎さまも……」

「父祖伝来の業物、同田貫を目利きしてもらった。幸い本物という目利きの結果であったがな。目利きが終わるまで冷や冷やしたぞ。手に汗を握ったわ」

白雲斎は苦笑した。

刀は武士の魂と言うが、御家伝来の名刀の真贋はその家の名誉にかかわる。もし、贋物となったら御家の面目丸つぶれである。白雲斎が冷や汗をかいたのはよくわかる。試験の結果を申し渡される心境であっただろう。

目利きの様子が思い出されたのか白雲斎は虚空を見上げていた。

「それで、大柳がいかがされましたか」

やんわりとした口調で左膳は話の続きを促した。

「ああ、そうであったな」

白雲斎は我に返り、話を再開した。

「大柳は辻斬りの疑いをかけられておる。それが濡れ衣であることを晴らしてやって欲しいのじゃ」

「濡れ衣ですか」

正直、戸惑いで一杯である。

大柳の仕業に違いない、と断定する手塚からは共に悪事を暴いて欲しいと頼まれている。あの晩は、見極めはつかなかったが、大柳が辻斬りである可能性は高いと左膳も思ったところである。

その矢先に白雲斎は濡れ衣を晴らして欲しいと頼んできた。

一体、どうすれば……。

手塚に頼まれたことを打ち明けようか。その上で白雲斎の頼みを断ろうか。しかし、それでは白雲斎に申し訳ない。

いや、迷うことはない。

真実を明らかにすればよいのである。

「白雲斎さま、どうして大柳玄蕃の濡れ衣を晴らせ、などとおっしゃるのですか」

ふとした疑問が湧き、左膳は問いかけた。

「大柳玄蕃の父、主水にはな、ずいぶんと助けられたのじゃ」

大柳主水は幕府の勘定奉行を務めた。白雲斎は老中職にあった時、幕府財政を司る勝手掛を担っていた。大柳主水は勘定奉行として苦しい財政にあった幕府財政に多大な貢献をしてくれた。幕府直轄地、すなわち天領の年貢納入を高め、歳出を見直し倹約に努めたそうだ。

「倅の玄蕃は役方の役人になることを嫌い、専ら剣の修行に打ち込んだ。小普請役に甘んじながらも猟官に興味を示さず、目利きと刀の砥ぎで名を成し、多くの大名、旗本の信頼を勝ち得た。辻斬りなどという卑劣極まる所業などするはずはない。出世や蓄財に興味は示さず、どうかすると直参旗本の暮らしを捨て、一人の剣客として生きるのを望んでおる」

確信を以って白雲斎は断じた。

「剣のためなら浪人するのも辞さず、ですか。しかし、大柳家の存続に関わりますな。世継ぎはいらっしゃるのですか」

余計なお世話だが大柳家が気にかかった。

「十三になる倅がおる。元服をすませれば家督を譲るかもしれぬな。大柳玄蕃は三十四、いささか若い隠居じゃが、浪人をするよりはまし。隠居という身軽な身分で剣の道を求め、刀剣の目利きに耽溺したがっておるようじゃ」

困った奴だ、と白雲斎は言い添えた。言葉とは裏腹に大柳玄蕃と大柳家の行く末を案じている様子が手に取るにようにわかる。

「大柳殿を辻斬りとしたい者がおるのかもしれませぬな」

話題を辻斬りに戻した。

「そのようにわしは考える」

白雲斎は大柳の無実を信じ切っている。大柳玄蕃辻斬りの一件は手塚八兵衛の依頼を受け、乗りかかった船だ。

左膳は白雲斎の依頼を引き受けた。

「ならば」

白雲斎は脇に置いた革製の刀袋を左膳に渡した。

「不動国行（ふどうくにゆき）じゃ。これを、わしの代わりに砥がせてくれ」

それをきっかけに大柳に近づけ、ということだ。

「白雲斎さまのご心配を伝えてもよろしゅうございますか」

左膳は了解を求める。

「是非にもそうしてくれ。それから、これはな」

白雲斎は懐から紹介状を取り出し、

「これを持参せよ」

　と、左膳の前に置いた。

「承知しました」

　左膳は大柳に対する新たな興味を抱いた。白雲斎をしてこれほどの信用を得る大柳玄蕃の素顔に接したくなった。

「左膳、すまぬのう」

「何を仰せになられますか。御役御免になった傘張り浪人を信頼してくださり、身に余る光栄でございます」

　表情を引き締め、左膳は礼を述べ立てた。

「頼むぞ」

　白雲斎は繰り返した。

　左膳が引き受け、白雲斎はほっとしたようで盃を重ねた。左膳も気を楽にし、おからを食べた。今日も甘味が沁み込み、牛蒡と人参もしっかりと味を主張している。

「ところで、巷間流布されております天罰党ですが、白雲斎さまも憂慮しておられましょうな」

　左膳は天罰党を話題にした。

白雲斎は目をしばたたき、

「口さがない者どもが好き勝手に噂をしておるようじゃな」

苦笑いを浮かべ白雲斎は小さくため息を吐いた。

「隠し金山を手に入れようとして公儀が鈴鹿家を改易に処した、という噂が流れております な。しかも、天罰党の刃にかかったお三方が金の一部を着服した、と」

「らちもない絵空事じゃ。鈴鹿家改易は末期養子を巡って派遣した公儀の役人を事故に見せかけて殺めたからじゃ」

末期養子を願い出た大名家に幕府は使いを出した。末期養子は藩主が危篤状態であっても生前に願い出なければならない。幕府は嘆願された御家に役人を派遣し、藩主の生存を確認した。

鈴鹿家にも役人が出向いた。

三春城内の奥御殿で病に臥す藩主、壱岐守秋友を役人は見舞った。ところが、秋友は既に死んでいた。幕府役人が見舞ったのは替え玉であった。そのことが発覚し、役人は鈴鹿家の不正を糾弾すべく江戸に戻った。

江戸への帰途、三春藩領に隣接した天領を通った際、役人一行は山崩れに遭遇して全員が圧死した。鈴鹿家では役人の書状を偽装した。すなわち、藩主秋友は危篤ながらも生存している、と偽ったのである。

しかし、天領を預かっていた代官大森弥之助は嵐でもないのに山崩れが起きたことを不審に思い、徹底して探索を行った。結果、地元の猟師から不審な侍たちが山崩れを仕掛けていたという証言を得て、鈴鹿家の企みを明らかにした。

これにより、鈴鹿家は改易に処されたのである。

「隠し金山だの公儀が金山欲しさに鈴鹿家を取り潰した、だの出鱈目もここまでくれば呆れるばかりじゃ。そう言えば、五年前に隠し金山の噂を上さまが耳になさり、絵空事だとわかって、なんだなかったのか、と多少気落ちされた」

「公方さまは何処で耳になさったのでしょう」

ふと左膳は気になった。

「わからんが、ひょっとしたら大奥で隠し金山について記された読売を御覧になったのかもしれぬな」

大方そんなところだろう、と左膳も思った。

老中として鈴鹿家改易の処分を決定した白雲斎はいい加減な噂の流布を嫌い、南北町奉行に読売の取締りをさせた。その効果で五年前は噂が鎮まったのだった。

「そなたに三春藩領の探索を命ずるまでもなかった」

白雲斎が言ったように、江戸家老であった左膳は同時に隠密を束ねていた。老中職にあった白雲斎の密命で全国の大名を内偵していた。白雲斎は事を荒立てるのを好まなかった。不穏な芽を摘み、御家騒動に発展する前に落着させるのが左膳の仕事であった。

左膳に鈴鹿家内偵を任せる前に鈴鹿家の陰謀が明らかになった。しかも、弁解の余地のない悪質極まる企てだったのだ。

白雲斎は話を続けた。

「鈴鹿家の企てを暴き立てた大森弥之助は関東代官に昇進した。それを、鈴鹿家旧臣どもは逆恨みをして誅した。言語道断じゃ」

「勘定奉行三森伊勢守さま、長崎奉行太田修理亮さまも当時は鈴鹿家改易に関わっておられたのですな」

左膳が確かめると、

「三森は勘定吟味役として大森の報告を受け、老中に鈴鹿家改易を進言した。太田は目付であった。二人も鈴鹿家の企みを暴き立てた功により、昇進したのじゃ」

大名を監察するのは大目付だが、大目付は名誉職の傾向があり、実務は目付が担う場合が珍しくはなかった。三森は勘定奉行に昇進、太田は長崎奉行に栄転したのだった。

「他にもおられますか」

「直接関わった者はその三人だが……おお、そうじゃ。もう一人肝心な者を忘れておった」

白雲斎はにんまりとした。

左膳は白雲斎の目を見て、

「白雲斎さまですか」

と、問いかけた。

「いかにも、老中勝手掛、大峰能登守宗長じゃ」

白雲斎は言った。

「ご用心なされませ」

当たり前のことを口に出した。

「まさかとは思うが、用心に越したことはないな」

白雲斎は余裕を見せた。

大柳玄蕃を心配している場合ではなかろう。

左膳の危惧を察したのか、

「心配致すな。宗里が厳重な警固をさせておる」

白雲斎は笑みを浮かべた。

心配ない、と言いながら白雲斎は天罰党について話を続けた。

「ところが、幕閣の中には腰が引けたというか、口さがない噂話に右往左往する者がおる。困ったことにな」

と、失笑を漏らしたところで春代が白雲斎に来客を告げた。

「やはり、やって来たか」

呟いてから白雲斎は客を通すよう春代に言った。春代が去ってから、

「噂をすれば影、右往左往しておる者……若年寄北川大和守和重じゃ」

北川は白雲斎に面談を願い、白雲斎を高級料理屋へ招きたがった。白雲斎はどうしても会いたかったら、気の置けない店にしようと小春を指定したそうだ。

北川和重のことは左膳も知っている。

将軍徳川家斉の側衆から御側御用取次に選ばれた。御側御用取次は八代将軍吉宗が設けた将軍に近侍する役職である。庶民が将軍に直訴する目安箱や将軍直属の隠密、公儀御庭番を管理する。また、将軍と老中の繋ぎ役でもある重要な役目とあって、将軍の信頼を得れば側用人、若年寄に昇進し、田沼意次のように老中になった者もいた。

北川は今年の正月から若年寄になった。万事にそつがなく、「間違わないお方」と評判だ。それは裏返せば慎重で用意周到、悪く言えば不都合な問題には責任を負わないよう立ち回る狡猾（こうかつ）さも備えているということだ。

「では、わしはこれにて」

左膳は席を外そうとした。

「構わぬ。いや、むしろ同席せよ。北川の話を聞いてゆけ」

白雲斎の申し出を受け、左膳は座敷の隅に控えた。天罰党の一件にも興味を抱いたところだ。

程なくして北川が入って来た。

羽織、袴に頭巾を被っている。いかにもお忍びの装いであった。頭巾を取り、白雲斎に挨拶をしようとしたが、北川は左膳に気づき一瞥した。

「元江戸家老の来栖左膳じゃ。今はわしの用心棒であるな」

冗談めかして白雲斎は左膳を紹介した。左膳は名乗り、お辞儀をした。

「来栖左膳か、噂は耳にしておる」

北川も一礼を返し、左膳が同席するのを拒まなかった。

歳は四十前後、小柄な身体に細面の顔、切れ長の目で瞬きを繰り返し、いかにも神経質そうである。「間違わないお方」は常に頭脳を回転させているようだ。

　春代が酒と蛤と鰆の味噌焼を持ってきた。春代が出ていってから、北川は酒には口をつけず白雲斎に語りかけた。

「天罰党ですが、乱暴狼藉を働く不逞の輩としまして町方、火盗改に摘発を厳命しております。ですが、天罰党への同情の声は無視できない程に高まっております」

　将軍への直訴を受け付ける目安箱には鈴鹿家再興を願う嘆願書が連日に亘って寄せられているそうだ。

「暴徒に屈するのではあるまいな」

　ぎろりと目をむき白雲斎は釘を刺した。隠居の身ながら往年の切れ者老中を彷彿させる威厳に北川は一礼してから、

「むろん、屈するはずはござりませぬ。ただ、公儀への非難の声は無視できませぬ。天領としました旧三春藩領では一揆が起きております。一揆を鎮めてはおりますが、逃散する百姓どもが後を絶ちません」

　逃散とは農民が田畑を捨て他領へ逃げ出すことを言う。逃散が続けば、領内の田畑は荒れ、当然ながら年貢取り立てに大きな支障をきたす。それどころか、荒れ果てた土地を再興するための費用と手間は大きな負担だ。

「旧三春藩領は公儀のお荷物となっております」

北川は訴えかけた。

「だからと申して、天罰党の要求に応じて鈴鹿家を再興させるわけにはいくまい。悪しき前例となる。鈴鹿家改易に際して公儀の手落ちがあったのならまだしも、非は鈴鹿家にあったのじゃ。末期養子の法度を破ったばかりか、見届けに赴いた役人を殺したのじゃぞ。鈴鹿家再興などを許せば公儀は失政をした、と認めるようなものではないか」

白雲斎は厳しい顔で鈴鹿家再興に反対した。

「御意にござります。ですから、鈴鹿家再興ではなく、ひとつの腹案がござります」

北川は半身を乗り出したが、横目に映る左膳が気になったようで言い淀んだ。それを察した白雲斎が、

「来栖は信用の置ける男じゃ。気性はよう存じておる。決して他言致さぬ」

と、言葉を添えた。

左膳は静かにうなずいた。

北川は改めて白雲斎に向き、

「亡き鈴鹿壱岐守秋友には側室に産ませた一子、一之進がおります。秋友は一之進を

分家である旗本鈴鹿家に養子入りさせました。この鈴鹿一之進を旧三春藩領の代官に命じてはいかがでしょう。三春藩領の百姓どもは、旧主の息子鈴鹿一之進を歓迎すると思います。併せて、鈴鹿家の旧臣どもも御家再興に近い感慨を抱くでしょう。公儀の鈴鹿家改易を非難する声も沈静するのではないでしょうか」

と、言上した。

「間違わないお方」北川大和守和重のことだ、熟慮に熟慮を重ねたに違いない。幕閣を悩ます天罰党騒動と幕政批判、荒廃した旧三春藩領の復興を解決できれば将軍家斉の信頼は更に大きくなる。老中への道も大きく開けるだろう。

但し、鈴鹿一之進を旧三春藩領の代官に任命することへの抵抗も探っているのではないか。不都合な事態になったら責任を負わされないような立場を作っておきたいのだろう。老中たちを回り、己が策に対する意見を求め、賛同者を募っているのかもしれない。隠居したとはいえ白雲斎は幕政に影響力を持っている。

北川のようにお忍びで白雲斎を訪ね、意見を求める者は後を絶たないのだ。加えて、鈴鹿家改易を決定したのは白雲斎であったのだ。北川としても白雲斎を無視するわけにはいかない。

白雲斎はしばらく考えて後、

「今年の正月、旧臣どもより鈴鹿家再興の願いが幕閣にあったな。鈴鹿一之進を藩主とした再興願いであった。鈴鹿一之進自身が鈴鹿家の旧臣どもの嘆願書を幕閣に上奏したはずじゃ。それを取り次いだのは大森弥之助、三森元忠、太田修理亮、つまり天罰党に殺された三人じゃ。一之進としては、鈴鹿家改易に関係した三人を通すのが筋と考えたのであろう。幕閣は拒絶した。拒絶され、天罰党が三人を恨み、乱暴狼藉を働いたのであろう……して、そなたの考えであるが、一言で申せば妥協案じゃな」

白雲斎の指摘を北川は認めるように首肯してから返した。

「いかにも妥協と申しますか、手打ちでござります。鈴鹿一之進はあくまで代官、三春藩領は天領のままです。荒れるに任せる三春藩領を建て直し、旧臣どもの不満を取り除き、世の者どもの公儀への鬱憤を晴らす、いわば一石三鳥の案ではないか、と考えます」

胸を張り、北川は語った。

「小手先の胡麻化しのようにしかわしには思えぬ。幕閣で慎重に検討することじゃな」

白雲斎は横を向いた。

白雲斎にしてみれば鈴鹿家改易は法度に基づいた正しい沙汰である、それを否定されるのは自分の沽券ばかりか幕府の威信を傷つけるもの、と思っているのだろう。

とはいえ、一揆と逃散で荒れた旧三春藩領を建て直さねばならない。幕閣も悩ましいところだ。

「わしは隠居の身じゃ。そなたら若年寄、老中でよく協議するがよい」

淡々と白雲斎は告げた。

「承知しました。皆さま方と十分に協議を重ね、良策に辿り着きたいと思います。」

北川らしく無理に自分の意見を押し付けることなく慎重な姿勢を示してから、

「愚かなる者は思う事、多し、でござります」

と、謙虚な言葉を言い添え、帰っていった。「間違わないお方」がいなくなってから、

「愚かなるものは思う事、多し、ですか。さすがは切れ者と評判の北川さま、含蓄のある言葉でござりますな」

感心して左膳は、「愚かなる者……」を繰り返した。

「北川め、鈴鹿一之進を代官にすること、わしから言質を取りたかったのであろう」

白雲斎は小さくため息を吐いた。

左膳もそう思った。

賛同を得たなら、北川は白雲斎を楯に自分の策が通るよう幕閣に根回しをするに違いない。

左膳は幕政に口出しはできない。白雲斎も左膳に意見を求めることなく、それからは酒の相手をさせた。

明くる三日、左膳は大柳玄蕃の屋敷を訪れた。

長屋門からきれいに掃き清められた石畳が御殿の玄関に連なっている。庭を彩る桜の花弁すら落ちていない真っ白な石畳だ。大柳玄蕃は真っすぐな気性だと評した白雲斎の言葉が思い出された。

白雲斎の紹介状のお陰ですんなりと通され、御殿の客間に案内された。客間も装飾の類はない簡素さだ。それでも、畳は藺草が香り立つ真新しさだった。

程なくして大柳が入って来た。

紺の道着姿である。

昼間、改めて間近に接すると、精悍な面構え、細いががっしりとした身体つきでは一角の剣客の風格を漂わせている。手塚と共に対した同じ人間とは思えない。

大柳の方は左膳を見ても無反応である。一日の晩に手塚と一緒だった男だと気づいたはずだ。それでも、敢えて知らん振りを決め込んでいるのだろうか。一日の晩の対面はなかったことにしたいのかもしれない。

左膳としても白雲斎の使いで来た以上、白雲斎の用事を済ませるべきで、一日の晩の一件を蒸し返すのは憚られた。

「白雲斎さまの使いとな。来栖殿の高名は耳にしておりますぞ」

不審がることもなく大柳は左膳を迎えた。

「今は単なる傘張り浪人でございます」

慇懃に左膳は返した。

「ならば、早速」

挨拶もそこそこに大柳は左膳が持参した刀に興味を示した。

左膳が差し出すと大柳は一礼して刀を受け取った。刀袋から取り出し、興味津々の目で刀を見る。

鞘から刀を抜き、
と、刀身に視線を走らせる。

「不動国行ですな」

匂い立つような刃紋である。

「うむ、白雲斎さま、よく手入れをなさっておられますな」

感心して大柳はため息を吐いた。

左膳は、

「白雲斎さまは大柳さまに砥ぎをお願いしておられます」

と、言った。

「であるが、これは砥ぐ必要はないな」

大柳は立ち上がり、刀を素振りした。

びゅんと風を斬り、鋭い輝きを放つ。

「うむ、これは見事」

大柳は感嘆の声を漏らす。無類の刀剣好きであることを物語っている。

「いや、眼福であった」

納刀し、大柳は革袋に納めた。

「畏れ入りましてござります」

左膳は頭を下げた。

「白雲斎さま、ご健勝であられるか」

名刀を目利きしたためか大柳は上機嫌である。

「至ってお健やかにございます。ただ、大柳殿を心配しておられますぞ」

言外に辻斬り騒動を匂わせる発言をしてみた。

「拙者は見ての通り、身体は屈強にできておる。なんらご心配には及ばぬ、と伝えてくれ」

辻斬りのことはまったく触れずに大柳は返した。ここは、辻斬りのことには触れない方がいいか。いや、それでは真実には近づけない。

左膳は、

「ところで」

と、切り出した。

大柳はゆっくりと左膳に視線を預けた。

「御屋敷近くで不穏な騒ぎ……辻斬り騒動が起きております」

左膳が辻斬りを話題にすると、

「まこと、不穏なものじゃ」

大柳は他人事のようだ。

「三年前にもおなじような辻斬りが出没したのですな」

左膳は問いを重ねた。

「そうであった。あの時は拙者も夜回りをした。実を申せば今回も夜回りをしておるのだ」

　意外なことを大柳は言い出した。

「夜回りですか」

　左膳は言った。

「放ってはおけぬ。理不尽に人の命を奪う者、まるで虫けらのように殺戮（さつりく）を繰り返す者を放置はできぬ」

　断固とした口調で大柳は辻斬りを非難した。

「下手人の見当はつきますか。あ、いや、三年前と同じ者の仕業でしょうか」

　左膳は静かな口調で問いかけた。

「そうじゃな」

　大柳は首を縦に振った。

「それはいかなるわけでござりますか」

　更に問いを重ねる。

「刀傷が同じ……掃い斬りによる傷跡である。それに、亡骸には風車が添えてあったのも同じ」

動ずることなく大柳は返した。

「漏れ聞くところによりますと、三年前は大柳さまに疑念の目が向けられた、とか」

思い切って問いかけてみた。

大柳は顔色ひとつ変えずに返した。

「拙者の不徳の致すところ、と申せばよいか。実に迷惑至極な話であった。それゆえ、拙者は身の証を立てんと夜回りを続けたのじゃ。ところが、拙者を辻斬りだと追いかけまわす町方の役人が出る始末じゃ」

手塚八兵衛に違いない。

「実は白雲斎さまも大柳さまへの疑念は濡れ衣であると、信じておられるのです」

「そうか。白雲斎さまにはまことご心労をおかけしておるな」

大柳は軽く頭を下げた。

「何者かが大柳さまに辻斬りの罪を着せようとしておるのですな」

左膳の考えに、

「そうであろう」

「見当がついておられるのですな」

「ついておる」

「ならば、その者を捕縛致しましょう」

自分も手助けをする、と左膳は申し出た。

「かたじけない申し出であるが、この一件は拙者が決着をつけねばならないのだ」

強い決意を滲(にじ)ませ大柳は左膳の申し出を断った。

「それはどういうことでしょう」

左膳は首を傾げた。

「それは……」

大柳は言い淀んだ。

六

左膳は大柳の答えを待った。

大柳は左膳の視線を受け止めながら、

「それは申せぬ。あくまで、今回の一件は拙者が落着に導くものである」

決意を新たにしたように大柳は断じた。

それは、断固とした口調であり、他人の付け入る隙のないものであった。

「失礼致しました」

左膳は引きさがるしかなかった。

それにしても、一日の夜に会った大柳とは醸し出す雰囲気が違う。あの時感じた殺気が一切感じられない。昼と夜は別の顔ということか。


大柳屋敷を後にした。

すると、

「来栖さま」

と、柳の木陰から手塚八兵衛が姿を現した。

「張り込みか」

左膳は熱心だな、と手塚を労わった。

手塚は不審な目を向けている。

「何をしていたんだ、と言いたいのだな」

左膳はにやりとした。

「おっしゃる通りですよ」

手塚は憮然としている。左膳が自分の知らぬ間に大柳を訪ね、裏切られたと勘繰っているのだろう。

「これだ」

革袋に入った日本刀を掲げた。

次いで、

「さるお方より預かった不動国行だ。大柳殿に砥ぎを頼もうとした。それにかこつけて……」

思わせぶりに言葉を止めると、

「なるほど、それを名目に探りを入れたんですな」

「そういうことだ」

手塚には白雲斎の依頼とは言わずにおいた。

「言葉を交わされて、どのように思われましたか」

探るような目を手塚はした。

「武士らしいと申すか、一角の剣客のようであったな」

左膳の言葉にうなずきつつも、

「そうした仮面を引っぺがしてやりたいんですよ」

手塚は大柳屋敷の表門を見上げた。

「そなたの気持ちはわかるがな」

左膳は浮かない顔をした。

「どうしたんです」

手塚は勘繰り始めた。

「いや、そなたと夜に遭遇した大柳とはまるで別人であった」

左膳は言った。

「へ〜え」

疑わしそうに手塚は首を傾げた。左膳が大柳に丸め込まれたと思っているかのようである。

「おいおい、わしは大柳から籠絡(ろうらく)はされておらんぞ」

前もって否定すると、

「そうでしょう。あたしは信用していますよ」

手塚はけたけたと笑った。

「姿形のことではない。まるで違う雰囲気を醸し出していたのだ」

左膳は続けた。

「そりゃ、昼と夜は別の顔を持っているということなんじゃござんせんか」

手塚の問いかけに、

「そうかもしれぬ。しかし、別人としか思えないのだ」

明確には答えられず左膳は小さくため息を吐いた。

「そうですか」

手塚は考え込んだ。

「何かあるような気がする」

としか言えなかった。

第二章　殺しのまじない

一

五日の昼、来栖左膳は長助を連れ、傘を持参して照降町にある雨傘屋鈿女屋にやって来た。先日、手塚に腕試しされた際に破損した分を届けに来たのだ。

照降町とは通称で、小舟町が町名だ。界隈には雨傘屋や履物屋が軒を連ねている。履物屋は晴れの日を喜び、傘屋は雨の日を喜ぶ町ということで照降町と称されている。

そんな照降町にあって鈿女屋は一番大きな雨傘屋である。屋根看板には鈿女屋の屋号と天鈿女命の絵が描かれていた。

主人の次郎右衛門がお茶と桜餅を出してくれた。桜餅を味わいながらお茶を飲むとほっとした。

　すると次郎右衛門が、

「桜餅春の名残惜しむらん……」

　と、呟いた。

「なんだ……」

　左膳が訝しむと、

「いや、お粗末ながら俳諧なのですよ」

　照れながら次郎右衛門は答えた。次郎右衛門は俳諧に凝り始めたのだとか。

「中々良い趣味ではないか」

　左膳が褒めると、

「やってみると、何かにつけて句にしてみたくなるんですよ。まあ、下手の横好きというやつでして」

　満面に笑みを浮かべ、次郎右衛門は松尾芭蕉の、『おくのほそ道』を取り出した。

「いつか、芭蕉翁を慕って、俳諧の旅に出たいものです。余生の楽しみができましたよ」

「なに、年寄り臭いことを申しておるのだ。旅に出たければ早々に出るのがよいぞ。足腰がしっかりとしておるうちでないと、景色を楽しむことはできぬ」

左膳に言われ、違いありません、と次郎右衛門は手で頭を掻いてから、

「御家老も詠んでみませんか」

うれしそうに誘った。

「わしはそういう風情を介さぬ男であるからな」

と、断ったが、

「最初は誰でもそうなのですよ。やってみるうちに面白くなるのです。日々の何気ない風物にもですな、俄然興味が湧くのですぞ。俳諧は季語が必要ですからな、梅が咲いた、桜はまだか、などと時節の移ろいにも心が躍り、それはもう生きる張りというものが出てきます」

俳諧に夢中になっているせいか、次郎右衛門が訳知り顔で俳諧の蘊蓄を語った。

「まあ、そのうちな」

生返事で胡麻化した。

左膳が気乗り薄なのを見て、次郎右衛門は話題を変えた。

「ところで、天罰党と称する恐ろしい一団が世間を騒がせておりますな」

「奴らにこそ天罰が下るべきであるのにな……そう思っておる者は多いのではないか」

左膳は渋面を作った。

「ところがですよ、案外、評判が良いのですよ」

意外なことを次郎右衛門は言った。

「ほほう、それはどうしてだ」

左膳が訝しむと、

「まあ、こんなことを言っては天罰党の肩を持つことになりますが、江戸っ子っていうのは判官贔屓ですからね」

要するに天罰党の犠牲になっているのは幕府の要職者、しかも天罰党は彼らによって改易された鈴鹿家の旧臣たちということで、弱い者の味方になる者がいるのだとか。

「民はお偉い方っていうのは美味い汁を吸っているって反感を抱いているんですよ」

次郎右衛門の言う通りかもしれない。

読売の書き方も天罰党を非難するというよりは、擁護とまではいかなくとも殺された者たちへの同情や憐憫は感じられない。

「しかしな、天罰党のような者たちを許せば、この世は無法となる。たとえ、殺された者たちが不正を働いていたとしても、法度で処罰されるべきであるからな。それに、殺されたお三方はご自分の役目を果たしたに過ぎぬのではないか」

白雲斎から鈴鹿家改易の実情を聞いただけに左膳は三人を擁護しないではいられない。

対して次郎右衛門はおやっとなり、

「お三方は鈴鹿家の隠し金山を狙って改易に追い込んだのではないのですか。しかも、金の一部をご自分の物になさった」

「読売の読み過ぎだ」

左膳は失笑して否定した。

「そうですかな……巷では隠し金山に絡んで、天罰党が絵図面を探している、と噂されていますぞ」

「だから、公儀が隠し金山を摘発したのなら、所在地を記した絵図面など無用ではないか」

読売が書き立てている話の矛盾を突いたが、

「ですから、公儀に召し上げられた金山とは別に金山があるのだそうですよ。それは鈴鹿家中でもほんのわずかなお偉方にしか伝わっていないのです」

大真面目に次郎右衛門は言い立てた。

「金山の所在を記した絵図とお三方殺しとどう繋がるのだ」

「お三方のうちのどなたかが公儀には内緒で絵図を所持しておられた、ということです」

「まったく、読売というものは何処まで出鱈目を語るのやら」

　呆れかえって左膳は笑うしかなかった。

「天罰党が嘆願するように公儀も鈴鹿家を再興なさってはどうですかね。何でも、鈴鹿のお殿さまが側室に産ませなさった若さまがおられるそうではないですか」

　次郎右衛門は鈴鹿家に同情を寄せている。次郎右衛門に限らず庶民には鈴鹿家や天罰党に肩入れする者が多いようだ。いい加減だとか絵空事ばかりだ、と文句をつけながらも読売に影響されるのが世間なのだろう。

「鈴鹿家の分家の旗本だそうだな……御家再興だの、隠し金山、埋蔵金、いかにも酒の肴になりそうだ」

　左膳は薄く笑った。

　次郎右衛門も読売の荒唐無稽さを思ったのか、

「ごもっともでございますが、世の中、罰せられなければならないのに巧いこと法度の網を潜り抜けている者もおりますからな」

と、もっともらしいことを言った。

「なんだ、何かあるのか。奥歯に物が挟まったような物言いではないか」

左膳が訝しむと、

「まあ、その……天罰党の仕業ではない殺しですよ」

次郎右衛門は読売を取り出した。

「ふん」

鼻で笑ってから左膳は読売を受け取り、一瞥した途端に表情が険しくなった。読売には大柳玄蕃が繰り返したと疑われる辻斬りが載っていた。

しかも、三年前の辻斬り騒動との関連を書き立てている。関連の根拠として亡骸の脇に置かれた風車のことも記してあった。辻斬りを重ねているのは神田に屋敷を構える某直参旗本だと書き立ててある。さすがに大柳玄蕃とは明記されていないが、暗に匂わせている。

「御直参だからって罪に問われないのはひどいですよ。こういう手合いが処罰されずにのうのうとしているから、犠牲になる者が後を絶たないのです」

次郎右衛門は憤慨(ふんがい)している。

手塚は風車の一件は伏せていたはずだ。今回、四人が殺されたのだが、各々に繋がりは見られない。

繋ぐのは風車と掃い斬りである。風車のことは書かれ、掃い斬りは言及されていないのは何故なのか。読売屋は掃い斬りまでは調べきれていないのだろう。

「しかし、意味深ですね。風車を残しているというのは……三年前にも辻斬りがありましたね。その時も風車が置いてあったそうですよ。やはり、お旗本の仕業ですよ」

次郎右衛門は決めつけた。

左膳が黙っていると、

「これはですよ、きっと、下手人は三年前の辻斬りを真似しているんです。というより、三年前の辻斬りに罪をなすりつけるためにそんな真似をしているんですよ」

得意満面で次郎右衛門は裏読みをした。

「そうとは言いきれぬ。早合点は禁物だぞ」

左膳は異を唱えたが、

「きっとそうですよ」

自分の考えを披露し、次郎右衛門はすっかりその気になってしまったようだ。

「読売の書き立てることだ。信じていると、馬鹿を見るぞ」

左膳が忠告すると、

「違いありませんな」

真顔になって次郎右衛門は頭を掻いた。

「さて、このくらいにして」

左膳は立ち上がった。

左膳が帰ろうとすると、次郎右衛門は口の中でぶつぶつと呟き始めた。どうやら俳諧を捻っているようだ。

そんなに楽しいのか。

松尾芭蕉の句を知りたくなった。

「芭蕉の本、何冊か貸してくれぬか」

左膳の求めに次郎右衛門は満面の笑みで応じ、『おくのほそ道』と、『風俗文選』を貸してくれた。『風俗文選』は聞いたことがない。

次郎右衛門によると、芭蕉や芭蕉門下の俳人たちの文章が掲載されているそうだ。

（それにしても、読売までが風車をかき立てるとは……）

程なくして大柳玄蕃を辻斬りとして書き立てるのではないのか、心配になってきた。

二

屋敷に戻った。

神田佐久間町、敷地二百坪の屋敷内には母屋、物置の他に傘張り小屋がある。その名の通り、傘張りに勤しむための小屋だ。

板葺き屋根、中は小上がりになった二十畳敷が広がっている。戸口を除く三方に格子窓が設けられ、風通しを良くしている。

畳敷きには数多(あまた)の傘骨が左膳を歓迎するかのように転がっていた。

江戸時代以前、頭に被る笠と蓑(みの)で雨を凌(しの)いでいたが、江戸時代になってから傘を差す習慣が広まった。当初は高級品で庶民の手には届かなかったが時代を経るに従って値段が下がる。更に使い古された傘の油紙を剝がし、骨を削って新しい油紙に張り変える、張替傘が出回るようになって庶民の日用品となった。

左膳のような浪人に限らず、台所事情の苦しい武士たちに傘張りを内職とする者は珍しくない。

左膳の張る傘は評判がよく、注文が途切れることはない。連日鈿女屋から油紙の破れた古傘が届けられていた。

開け放たれた戸口から庭が見通せる。

桜が薄紅色の花を咲かせ、庭一面に傘が広げられている。新しい油紙を張り、その上から刷毛(はけ)で薄く油を塗るため、乾燥させているのだ。

浅黄色、紅、紫、紺など、彩り豊かな傘は炎天下に花が咲き誇っているようだ。界隈では傘張り屋敷、左膳は傘張り先生と呼ばれていた。

霞がかった春の空を舞う雲雀(ひばり)の鳴き声すらも、見事な出来の傘を賞賛しているようだ。

早速、傘を張り始めたのだが、

「またか」

失敗してしまった。

どうにも辻斬りのことが頭を離れないのだ。

すると、

「一休みなさったらいかがですか」

と、娘の美鈴がお盆にお茶を乗せて入って来た。

十九歳の娘盛り、薄紅の小袖がよく似合う。瓜実顔は目鼻立ちが整い、武家の娘と相まってとっつきにくそうだが、明朗で気さくな人柄ゆえ、近所の女房たちとも親しんでいる。女房たちは人柄ばかりか美鈴の学識に感心し、子供たちに手習いを習わせていた。美鈴も子供好きとあって、手習いの指導ばかりか、一緒に遊んでもいた。

左膳は大きく伸びをした。お盆には湯呑がふたつある。さては、手伝ってくれるのかと期待したが、

「お客さまです」

と、美鈴は告げ、湯呑をふたつ左膳の前に置いた。

「どなただ」

左膳が問い返すと、

「南町奉行所の手塚さま、と」

美鈴が答えるそばから手塚が入って来た。挨拶もそこそこに手塚は左膳の前に座り、

「いやあ、見事……」

と、世辞を言おうとしたが、失敗した傘の残骸を見て口を閉ざした。美鈴が出て行ってから、

「読売が騒ぎ出したではないか」

左膳が言うと、

「あれはね、あたしが流したんですよ」

けろりとした顔で手塚は白状した。

「どうしてだ」

「大柳に圧力をかけるんですよ」

抜け抜けと手塚は言った。

「人が悪いな」

左膳は苦笑した。

「自分の罪を認めませんからね。それにですよ、噂が立つように仕向けると、多少なりとも動きを封じることができると思ったんですよ」

悪びれもせずに手塚は自分の正当性を主張した。

「それで、わしに大柳を斬れ、とでも頼みに来たのか」

冗談めかして左膳は問いかけた。

「そうじゃありません。調べたいんですよ」

手塚は殺された四人について探索をしたいのだと言い出した。

「なんで今更……」

左膳は首を捻る。

「申しましたように、殺された四人の探索は北町が行いました。ですから、調べ直したいんです。四人に繋がりはないのか、それを確かめたいんですよ」

手塚は言った。

左膳が沈黙を守っていると手塚は焦(あせ)りを示しながら続けた。

「どうも、ひとつの繋がりがあるような気がするんです。その繋がりがわかれば、大柳の動機もわかるんですよ」

手塚は大柳の仕業であることを確信している。

「大柳さまが下手人と考えるのはどうかと思うぞ」

左膳が異を唱えると、

「来栖さま、すっかり大柳に丸め込まれているじゃござんせんか。あたしゃ、情けないですよ」

天を仰ぎ、手塚は大袈裟(おおげさ)に嘆いてみせた。

「ともかく、四人殺しの探索は引き受けよう。しかし、探索ならば、そなたは長(た)けておろう。わしなんぞ、足でまといになるだけではないか」

左膳が言うと、

「腹を割りますとね、一旦(いったん)探索を終えた一件を蒸し返すのは奉行所で嫌われる。ましてや北町の取調べをやり直すのは北町に喧嘩を売るようなもんですからね。まあ、どうせ、嫌われ者ですから、それはいいんですがね、殺しが殺しなだけに、こっちの身も危ういって言いますかね。探索の最中にばっさり斬られるってことを心配しているってわけでしてね」

へへへ、と手塚は媚びた笑いを発した。

「要するにわしに用心棒になれ、と言っているのではないか」

左膳が鼻白むと、

「まあ、そういうこって」

図々しくも手塚は認めた。

「おまえ、食えない奴だな」

苦笑せざるをえない。

「よろしくお願いします。あたしだけのためじゃなくって人助け、世直しのためだと思ってください」

手塚はぺこりと頭を下げた。

「ま、いいだろう」

左膳は引き受け、我ながら人が好い、と自分に失笑した。

「まずは、炭問屋ですよ」

手塚は言った。

「炭問屋というと……」

左膳は記憶の糸を辿るように虚空を見つめた。

炭問屋は豊年屋という神田司町に店を構える主人与兵衛だそうだ。

「但し、殺されたのは神田の店ではなくて、根岸にある寮なんです」

それは初耳であった。

いや、聞いたのかもしれないが、すっかり記憶から抜け落ちていた。

「来栖さまがご存じないはずですよ。あたしはそこまでは話さなかったですから」

手塚に言われ、

「早くそれを申せ。物忘れが激しくなったと心配したではないか」

左膳が言うと手塚はすみません、とぺこりと頭を下げた。

三

明くる六日の朝、左膳は手塚の案内で豊年屋の寮へとやって来た。紺地の小袖に同色の裁着け袴という動きやすい格好で、羽織は重ねていない。大小を落とし差しにし、素足の雪駄履きだ。

　薄曇りで肌寒い風が吹く花冷えの日である。道々、桜が散ってしまう、と手塚は背中を丸め恨めし気に愚痴を言っていた。左膳も屋敷を出るに際しては、風邪をひくと美鈴に羽織を着てゆくよう言われたのだが、動き回るうちに温まるだろうと、耳を貸さずにやって来た。

　生垣を巡らした寮は広々としていて、風情を漂わせている。

「豊年屋は主の与兵衛が死んでどうなっておるのだ」

　余計なお世話だが豊年屋の現状が気になった。

「親戚から養子を取りましてね、商いには支障はありませんよ。女房はこの寮に住み、店は番頭が切り盛りしていますね」

　手塚は答えた。

「じゃあ、今も女房が住んでいるんだな」

　念のため、左膳は確かめた。

「そうです。女房には話をつけてありますからね、まあ、行きましょう」

　手塚は門口から中に入った。

広々とした庭が広がっている。こんもりと茂った雑木林や畑が連なっていた。山桜が咲き乱れ、蝶が舞っている。何処かの山里を切り取ってここに移したようだ。

「なんとも長閑であるな」

左膳は周囲を見回した。

「ほんとですよ。のんびりと昼寝がしたいものですね」

手塚も同意した。

すると、畑の脇を一人の女が歩いて来た。与兵衛の女房、お静だと手塚が囁いた。お静が二人の前に立ち止まると深々とお辞儀をした。

「辛いことを思い出させてしまうな」

手塚は気遣いを示した。

「辛いと言うよりも悔しいのです」

お静は唇を嚙み締めた。

「気持ちはよくわかるぜ。こちらはな、頼もしいお方だ。羽州鶴岡藩大峰能登守さまの江戸家老をなさっておられたが、諸事情で御家を離れ、市井にお暮しある。それは仮の姿でな……」

と、左膳の紹介を始めたが、

「ただの傘張り浪人だ」

と、左膳は制した。お静が戸惑っていると、手塚は頼もしいお方だと、繰り返した挙句に来栖左膳さまだと紹介を終えた。

改めてお静は挨拶をする。

「では、まず、与兵衛が斬られた場所に連れていってくんな」

手塚に言われ、

「こちらです」

と、お静は案内に立った。

庭を奥に向かって歩いてゆく。

雑木林を超えたところで小高い丘が見えた。丘の上には梅の木が植えられていた。先月は紅白の梅が咲き誇っていただろうが、今は花を散らしている。枝ぶりからしてさぞや絢爛たる美を示していたに違いない。曇り空の下、枯れた梅の木は寂し気だ。

お静に続いて左膳と手塚は丘に上った。

「与兵衛はここに倒れておりました」

と、ひときわ大きな梅の木の下を見た。

「仰向けに倒れておりました」

死に顔は驚く程穏やかであったという。

「穏やかとは……」

左膳は首を傾げた。

目の前で侍が刀を抜けば、当然ながら恐れおののくはずである。死に顔は恐怖に引き攣っていたであろう。大柳玄蕃は居合の達人である。抜く手も見せない、掃い斬りを繰り出した、ということか。

果たして、

「大柳さまは居合の達人、瞬きする間もなく、一刀の下に斬ることができますよ。相手が自分を見定める前にね。これでも大柳さまが下手人だとわかる」

手塚は掃い斬りを拠り所とした。

対して、

「しかし、いくらなんでも斬られるのはわかったはずだ。人は目の前で刀を抜かれたら平静ではおられない。落ち着いてなどおれないのだ。いくら、大柳殿が居合の達人でも、刀を抜けば与兵衛の顔は恐怖に彩られたであろう」

語るや左膳は腰の大刀を抜き、切っ先を手塚に向けた。手塚は驚きで口を半開きにした。

「それだ。その顔だ」

左膳は刀を鞘に納めた。

「冗談が過ぎますぜ」

手塚は苦笑した。

「与兵衛は懇意にしていた者に斬られたのかもしれぬな。懇意ゆえ、間近に近づいても恐れはしなかった。すっかり、気を許したところをいきなりばっさりやられた、これなら得心がゆく」

左膳は言った。

「与兵衛は大柳さまと面識があったのではないのかい」

左膳の考えを受け、手塚はお静に問い質した。

お静は首を左右に振り、

「いえ、聞いたことがございません」

と、答えた。

「おかみさんが聞いていなかっただけじゃないのかい」

手塚はどうあっても大柳を下手人にしたいようだ。

「それは違うとは言えませんが、それでも、ここにお招きするお客さまのことは、教えられていました。でないと、お客さまに粗相することになりますので」

与兵衛は日頃から懇意にしている者をこの寮に招いていたそうだ。

「侍との付き合いもあったのか」

左膳が問いかけた。

「ございました」

お静は即答した。

「差支えなければ、どういう方々だ」

左膳は問いを重ねる。

「お出入り先のお武家さまです」

豊年屋出入りの大名屋敷、旗本屋敷の侍たちはここを訪れるそうだ。

「大柳玄蕃さまの御屋敷には出入りしていねえのかい」

手塚が確かめるとお静は出入りしていない、と答えた。

「かと言っても大柳さまと面識がない、とは決めつけられんな」

手塚は慎重な姿勢となった。

「なんだか、無理にも大柳さまの仕業と決めつけたいようだな」

左膳は非難めいた言葉を投げかけた。

手塚は返事をせずににやにやとした。

左膳はお静に向き、

「与兵衛の死について何か気になったことはないか。何でもいい、思い出してくれ」

と、頼んだ。

お静は与兵衛の亡骸が横たわっていた辺りを見てしばらく考えていたが、

「梅の花弁が沢山、落ちていたのです」

と、梅の木を見上げた。

左膳は首を傾げたが、

「風に舞い落ちたんだろう」

手塚は事も無げに決めつけた。

「気になる程の花弁であったのか」

左膳は引っかかった。

「そうなのです。亡骸の胸の当たりが真っ赤でした。わたしは、てっきり血だと思って顔をそむけたんです」

お静はその時の光景が蘇ったのか、肩をすくめた。

「まるで、梅の花を千切り取って、主人の亡骸に撒き散らした、というような具合でした」

「梅の花、風車と共に何か暗示をしておるのかもしれん。まさか、下手人が与兵衛に花を手向けた、のであろうかな」

おまえはどう思うと問いかけるように左膳は手塚に視線を向けた。

「三年前の辻斬りにはなかったですな。亡骸に梅の花を撒き散らすなんぞ……もっとも、三年前は梅の時節を過ぎていました。桜も散って若葉が芽吹いていた頃だから、梅を散らすことはできなかった、ということか。それなら、時節の花が撒かれていたか……いや、そんなことはありませんでしたぞ」

手塚も真剣に考え始めた。

「では、梅や時節の花ではなく、風車の他に何かまじないめいた施しはなされていなかったのか」

左膳は問いかけた。

「いいえ」

即座に手塚は否定した。

「拘り過ぎであろうかな。下手人は頭上の梅の花が見事に咲き誇っていたゆえ、気紛れで与兵衛の亡骸に撒いたのかもしれぬ」

落ち着いて考え直した。

するど、

「いや、こりゃ、きっと意味がありますぜ。気紛れなんかじゃなくて、梅の花を撒く必要があったんですよ。それが何かはわかりませんが、あたしの八丁堀同心としての勘がそう言ってますよ」

手塚の方が拘り始めた。

考えの揺れ動く左膳と手塚を前にお静は困惑した。

左膳は推論を進めることにした。

「先ほど与兵衛の死に顔を聞いて考えを申したように、下手人と与兵衛は懇意な仲であった可能性が高い。下手人は与兵衛の趣味、好物も存じておっただろう。もし、与兵衛が梅を殊の外に好きであったなら、下手人は梅を手向けた、と考えられるが、与兵衛は梅が好きであったのか」

「嫌いではなかったと思いますが、特に愛でてはいなかったと思います。桜や紫陽花、躑躅同様でしたわ」

お静は答えた。

手塚は何度かうなずき、

「梅の花のまじないがわかれば下手人が誰だったかはっきりするんじゃありませんかね」

と、言った。

「わしもそう思う」

左膳も同意した。

手塚が与兵衛の他に殺された三人、直参旗本小出龍之介、医者児島小庵、芸者お富と与兵衛の繋がりを確かめたが、お静は心当たりがない、と答えた。

四

豊年屋の寮を後にした。

次は医者児島小庵の診療所を訪ねた。児島の診療所は神田明神下にあった。息子の児島俊作が診療所を受け継いでいた。俊作は診療所内の書斎で会ってくれた。

書斎は書物で溢れ返っていた。

本草関係、漢方ばかりか蘭方関係の医学書で溢れている。

「いやあ、凄い本ですな。あたしなんぞ、これを見ただけで頭が痛くなりますよ」

手塚は左手で頭を搔いた。

「ほとんど父が買い求めた書物です」

児島は静かに言った。

聡明(そうめい)そうな顔立ちであり、患者を安心させる穏やかな物腰だ。

長崎に留学をし、江戸に戻り父の診療所を手伝い始めて一月後(ひとつき)、児島小庵は凶刃に倒れたのであった。

児島は父の診療所を立派に受け継ぎ、患者からの評判も高い。

「先生は早くも名医と評判ですよ」

歯の浮くような世辞を手塚は言った。

「まだまだです。今でも患者から若先生と呼ばれておりますよ」

一人前ではない、と児島は謙虚に返した。

手塚は笑顔を引っ込めた。それを見て児島は用向きを察知(さっち)した。

「父の死について探索をやり直しておられるそうですな」

児島はちらっと左膳を見た。

「小庵先生を斬った憎き下手人を捕えてやりたいんですよ」

手塚は左手で腰の十手を抜いた。

　児島はあくまで淡々とした様子で、

「そのお気持ちはありがたいですが、一旦は探索を終えた一件ではありませんか。北の御奉行所で調べ終えた一件を南の御奉行所で調べ直すのですか」

　と、疑問を呈した。

「北町の調べを不十分だと言っているんじゃないんです。下手人は野放しですよ、あたしはそれが許せない。先生もお父上を殺した下手人がのうのうと暮らしていることに納得できないでしょう」

　手塚は十手を腰に差した。

「ですが、それは……下手人がなにせ……」

　児島は言葉を止めた。

　下手人と疑われる大柳玄蕃には町奉行所は手出しできない、という諦めが感じ取れる。

「先生の危惧はわかりますよ。あたしら町方は大柳さまには十手を向けることなんざ、できませんや。でもね、あたしもお上から十手を預かっているんですよ。八丁堀同心の意地で、お縄にはできないまでも化けの皮を剝がしてやりたいんです」

　手塚は言葉に力を込めた。

手塚の決意を知り児島は返した。

「医者として児島小庵の倅として、人の命を易々と奪う者を許すことはできない。わたしで役立つのなら、力を貸しましょう」

「ありがとうございます」

喜色満面となった手塚に、

「礼を言われることではない。むしろ、こちらが感謝しなければならない。下手人不明で泣き寝入りしなければならなかったところですからな。して、力を貸すと申しても実際に何をやればよいのか」

医師らしく冷静に児島は述べ立てた。

手塚が言葉を返そうとする前に左膳が問いかけた。

「まずは、お父上が斬られた時の様子をお聞かせくだされ」

児島はうなずき、

「如月の十日でしたな。暦の上では春だというのに、今日のように寒の戻りの寒い夜でした。父は往診に出向いておりました」

児島小庵は神田界隈の患者を往診して回っていた。

「帰りが遅いので心配したのです」

父を案じて児島は診療所を出て往診先へと出向いた。すると、神田明神の鳥居近くで小庵が倒れていた。小庵は掃い斬りで腹を真一文字に斬られていた。

「傍らに風車が置いてあった、と聞いたが」

左膳の問いかけに児島はうなずき、

「それから、このことは表沙汰にはなっておりませんが父は裸でした……下帯ひとつとなっておったのです」

意外なことを児島は言った。

手塚が、

「それは聞いておりませんな。北町の調書きにも記していなかった」

と、疑問を投げかけた。

「わたしが止めました。父を穢すように思えたからです」

「大柳さまが……あ、いや、そうは決めつけられないから下手人と言いますが、下手人が脱がせたんでしょうね。小庵先生が寒空に裸になるはずがない」

手塚の考えを左膳は引き継ぎ、

「着物はありましたか」

「亡骸の傍らに畳んでありました」

小袖と十徳、帯がきちんと畳まれ、薬箱と共に小庵の亡骸の近くに置いてあったのだそうだ。

「一体、何のために下手人の奴は脱がしたんだろうな」

手塚は思案をするように虚空を見つめた。それを聞かれても答えられるはずはなく、児島も当惑の表情のままである。

代わって左膳が、

「下手人は小庵先生を裸にしてから斬ったのですか、それとも斬ってから裸にしたのですか。つまり、下手人は物盗りが目的で小庵先生の身ぐるみを剝いで財布や金目の物を奪おうとしたとしたら、一応裸にした理由はわかります」

左膳の問いかけに、児島は、「ごもっともですな」と言ってから、

「父は斬られてから着物を脱がされておりました」

残された着物には斬られた跡があったと、児島は言い添えた。

「すると、わざわざ、着物を脱がしたということだな」

左膳が言うと、

「一体、何のためですかね。医者に風邪をひかせようとしたんでもあるまいし」

手塚は不謹慎でした、と詫びた。児島は不快がることもなく、

「父を辱めようとしたのではないか、と思います」

と、繰り返した。

「先生に恨みを抱く者に心当たりはありますか」

左膳の問いかけに、

「そうですな……」

児島は慎重に検討を加えているようだった。

しばらく考えた後、

「息子のわたしが申すのは身贔屓に過ぎるかもしれませぬが、父は、それはもう立派な医者でした。大勢の患者から崇められておりました。薬代、治療費を払うことができない貧しい者たちからは銭金を受け取ることはありませんでした。わたしには真似のできない面が多々あります。父から学んだ医術に限らず医者としての在り方を実戦せねば、と思っております」

語るうちに熱いものがこみ上げたようで児島は目を潤ませた。

手塚が問いかけた。

「大勢の人から慕われこそすれ、恨まれたり嫌われたりは考えられないってこってすね。でも、人というのはわからねえですよ。こっちは良かれと思ってやった親切なのに、思いもかけない恨みを買うことがあるもんだ。だから、なんともわからないが、ずばり聞きますよ。大柳玄蕃さまと小庵先生はなんらかの繋がりはありませんでしたか」

「ない」

と、即答してから児島は自信なさそうに、「と思う」と付け加えた。

「少なくとも、往診に行くようなことはありませんでしたな」

児島は言い添えた。

「こりゃ、益々わからなくなったな」

手塚は首を左右に振った。

「大柳屋敷以外の武家屋敷に往診に行くことはありましたか」

左膳が問いを続けた。

「何軒か頼まれて出向きましたが、特別に懇意にしていたお武家に心当たりがありませんな」

考え考え、児島は答えた。

「下手人は大柳さまですよ」

改めて手塚は強調した。

左膳が異を唱えそうになると、

「だって他には考えられませんぜ。風車が物語っていますよ」

と、強く言い張った。

「風車では弱いな。前にも申したが、下手人は大柳殿に罪をなすりつけようとしておるのかもしれぬ。それに、一体、何のために小庵殿を裸にしたのだ。ま、これは大柳殿が下手人であろうと他の者の仕業であろうと謎であるがな」

左膳の反論に、

「そりゃそうですがね」

不服そうに手塚は首を捻った。

「豊年屋与兵衛といい、下手人は何のまじないをしておるのであろうな」

左膳は益々、混迷を深めてから、

「お父上の亡骸に梅の花が撒かれておりませんでしたか」

と、問いかけた。

「梅……はて、特には覚えがありませぬな。梅がどうかしたのですか」

児島は戸惑い、問い返した。左膳はかいつまんで豊年屋与兵衛の亡骸に梅の花が撒かれていたことを説明した。それでも、児島は顔を曇らせるばかりで、父の亡骸に梅の花は撒かれていなかった、と繰り返した。

手塚が割り込んだ。

「大した意味はないのかもしれませんぜ。案外、殺しに理由はないことがあるんですよ。むしゃくしゃしていた、とか、殺してみたかった、とか」

何故、下手人は与兵衛の亡骸に梅の花を撒いたのかが事件の鍵だと言っていたが、手塚は早くも考えを変えたようだ。それとも、次々と奇妙な事実が明らかとなり、混乱しているのかもしれない。

「それより殺しの動機だ。殺してから亡骸に細工を施す必要があるものか」

左膳は手塚を諭した。

「そりゃ、そうですがね」

手塚も認めた。

「下手人には深い意味があるのだ。その意味がわかれば下手人に辿り着ける。大柳殿が下手人としても、大柳殿を追いつめる鍵となるかもしれぬぞ。与兵衛殺しの探索でおまえも申したではないか。」

だからおまえも真剣に考えろ、と左膳は言い添えた。

五

手塚は真顔で考え始めた。

しかし、すぐに妙案が浮かぶはずもなく難しい顔で押し黙ってしまう。左膳も手塚を非難することなどできない。まるで見当がつかないのだ。

児島も同様で、しかめっ面で口を閉ざしたままである。重苦しい空気が漂い、ふと机上の書物に視線が向いた。

「おくのほそ道ですな」

左膳は児島に語りかけた。

児島は、『おくのほそ道』を手に取り、

「父が読んでいたのです」

と、ぱらぱらと捲（めく）った。

「小庵先生は俳諧がお好きだったのですか」

左膳が確かめると、

「好きでしたね。わたしは関心がないので、俳諧についてやり取りをすることはありませんでしたが、折に触れ、一句詠んでいました。句の出来不出来はわたしにはわかりませんでしたが……」

苦笑混じりに児島は父を回想した。

「ふ～ん、あたしも俳諧はねえ……川柳でしたら座興で捻ることはありますがな」

手塚は関心を示さなかった。

左膳は話を打ち切り、診療所を後にした。

「なんだか、調べれば調べる程、奇妙な経緯が浮上しましたな」

手塚の言う通りだ。

「まったくだな。これは、思ったよりも奥深い。少なくとも、刀の試し斬りを目的とした辻斬りなんぞではない、と思うぞ」

左膳の言葉に、

「そのようですな」

手塚も認めた。

「こうなったら、次の犠牲者にも奇妙奇天烈なまじないが施されているのかもしれんぞ」

左膳の推測に、

「なんだか、行くのが億劫になってきましたよ」

手塚は弱気を見せたが、

「だったら、やめるか」

と、左膳が言うと、

「いやいや、そういうわけにはいきませんよ」

と、けろっとした顔で言い、次は芸者です、と歩き出した。


柳橋の芸者、お富(とみ)の周辺を訪ねた。

雲間から日輪(にちりん)は顔を出し、歩いたせいでぽかぽかとしてきた。

お富はある商家の旦那に囲われていた。一人住まいである。今回はお富をよく知る、置屋の女将に話を聞くことになった。

お藤(ふじ)という女将は人の好さそうな大年増(おおどしま)であった。

「ほんとに気の毒でしたよ」

お藤は涙ぐんだ。

ひとしきり、お富の人となりを聞いた。囲っていた旦那はお富との関係を女房には内緒にしていた。このため、野辺の送りはお藤が行った。葬式の費用は旦那が負担し、墓を建てるように金もくれたそうだ。

「旦那に聞いたんですがね、お富ちゃん、囲われていた家、ええっと、神田白壁町にあった一軒家でしたけど、その門口で倒れていたそうなんですよ」

語るとお藤は饒舌であった。

「お腹を真一文字に斬られていたんですって」

やはり、お富も掃い斬りにされていた。

財布は盗み取られていなかったし、自宅からも銭金や着物、小間物、家財に至るまで被害はなかった。

「下手人はお富を狙って斬り捨てたんだな」

手塚は下手人と言って、大柳さまとは口にしない。大柳を辻斬りと決めつけることへの疑問を抱きはじめているようだ。

「まったく、あんないい娘がね……神さまも仏さまもいないよ」

お藤はため息を吐いた。

「お富に恨みを抱く者は……」

手塚の問いかけが終わるのを待たず、

「お富ちゃんを妬(ねた)む女は少なくありませんよ。美人で評判がよくて、よくお座敷もかかりましたからね。でも、下手人はお侍でしょう」

お藤は捲し立てた。

「それはそうだ。近頃は町人でも剣術の稽古をする者がいるが、ありゃ、所詮は付け焼き刃ってもんだ。とってものこと、一刀の下(もと)に斬り殺すなんて芸当はできっこないぜ」

手塚は言った。

左膳が、

「亡骸の傍らには風車が置いてあったのだな」

「そうだったってことですよ。ですからね、三年前も同じような辻斬り騒ぎがあったじゃござんせんか。その辻斬りの仕業に違いないって、旦那も近所の人たちも噂をしていましたよ」

お藤は立ち上がり、茶簞笥(ちゃだんす)から読売を取り出して、左膳と手塚の前に置いた。手塚が読売屋に書かせた記事だ。

「読売に書いてある某(ぼう)旗本っていうのが誰なんでしょうね。本当のところは、御奉行所もどなただかわかっているのに、お旗本ってことで、お縄にしないんですって。ほんと、お上はわたしらの命なんかどうでもいいんですよ」

　お藤は憤ってから手塚を見て、

「すみません。言葉が過ぎました」

　と、謝った。

　手塚は気にするな、と寛容さを示してから、

「風車の他に変わった様子はなかったかい。なんか奇妙なまじないめいたことが行われていなかったかな。たとえば、梅の花が撒き散らしてあった、とか裸にされていた、とか」

　と、問いを重ねた。

　お藤の顔が一瞬にして曇った。

「やっぱりな」

　手塚は呟いて左膳と顔を見合わせた。

　手塚に促され、お藤は言った。

「それがですよ、ほんと、気の毒というか、下手人の奴、一体何を考えているんだか」

　と、憤りを示した。

「それで、どんな具合だったんだ」

手塚が訊く。

「髪をね、ばっさり」

お藤は自分の髪を指差した。

「髪を切られていたのか」

手塚が確認する。

お藤は肩をそびやかし、

「お富ちゃんはですよ、濡れ羽色(ばいろ)のそれはもう艶々(つやつや)とした黒髪だったんですよ。それをね、下手人の奴、ばっさりと切ってしまって」

と、嘆きと共に下手人を強い口調で非難した。

「梅の花、裸の次は髪切りですな」

手塚は左膳に語りかけた。

「梅とか裸というのは……」

お藤が訝しむと、

「いや、こっちの話だ」

と、手塚は曖昧(あいまい)に胡麻化した。

左膳が、

「それで、切られた髪はその場から持ち去られておったのか」

「いいえ、無造作に捨ててあったんです。風に飛んでいってしまった髪もありましたけど残っていた髪もあるので、それを旦那が拾い集めてくだすって。あたしら、お葬式を出した時、棺桶に一緒に入れましたよ。なんたって、髪は女の命ですからね」

お藤は下手人へのお富を辱めたいのかな」

「下手人はお富を辱めたいのかな」

手塚は首を捻った。

「まったくですよ」

お藤の怒りは治まらない。

「持ち去っていないということは、髪の毛を売るとかなんらかの用があったわけではないだろう」

左膳も悩んだ。

「手塚の旦那、お富ちゃんの仇を討ってやってくださいよ。髪まで切られて、下手人も捕まっていないんじゃ、お富ちゃんは浮かばれませんよ」

お藤は訴えかけた。

「ああ、必ずお縄にしてやる」

力強く手塚は約束した。

「でも、町奉行所は及び腰じゃござんせんか。本当にもう」

読売を手にお藤は怒りの矛先(ほこさき)を手塚に向けた。

「わかったって」

手塚は鼻白む。

「信用していいんですかね」

お藤は皮肉げだ。

「だから、こうして調べ直しているんじゃないか」

手塚は言った。

「それはそうですね」

お藤も言葉が過ぎたと、詫びた。

「髪の毛を切った……」

うわごとのように手塚は繰り返した。

六

「さて、残るは直参旗本小出龍之介さま、ですな」

手塚は言った。

「直参旗本、武芸の心得はあったどころか、辻斬りに備えて夜回りをしておったのだろう」

左膳が確認すると、

「中々の腕だったそうですよ。それが、ばっさりですからね。となると、某旗本もそれを上回る手練れってことになりますよ」

手塚は大柳こそが辻斬り犯だという考えに立ち返ったようだ。

「まさかとは思うが、小出さまの亡骸も妙なまじないめいた施しがなされていたのかもな」

左膳の推測に、

「そうかもしれませんね。何しろ御直参とあって、北町の同心も立ち入った探索はできなかったみたいですからね」

手塚は困ったものだと嘆いた。

「ともかく、訪ねてみるが、果たして我らを受け入れてくれるか、だな」

左膳の危惧は手塚も同様で、

「お嬢さんがいらっしゃるんですがね、そのお嬢さんがえらく気丈なお方なんですよ。おっかないっていう訳じゃないんですけどね、立ち入らせないっていいますかね」

手塚は渋面になった。

「おまえでも苦手（にがて）があるのか」

左膳は笑った。

「こいつはご挨拶ですな」

手塚は頭を掻いた。

「ま、いい。そんなにしっかり者のお嬢さんなら、きちんとした話が聞けそうだ」

左膳は期待をかけた。

「すみませんがね、ここは来栖さまが先に話して頂けませんかね」

困り顔で手塚は頼んだ。

「まあ、いいだろう」

左膳は請け合った。

神田白壁町にある小出家の屋敷にやって来た。龍之介死後、嫡男の淳之介が家督を継いだ、と手塚は言った。

左膳は名乗って、訪問を申し越した。


客間に通された。

程なくして娘の寿美代が入って来た。なるほど、手塚の言葉通り、気丈さを漂わせる武家の娘だ。寿美代は左膳と手塚を見てから落ち着いた所作で座った。

左膳に向かい、

「来栖さまとおっしゃいますと来栖兵部さまの……」

寿美代に語りかけられ、

「倅をご存じですか」

左膳が返すと、

「これは失礼しました。弟の淳之介が来栖兵部先生の道場に入門させて頂きました。本日も道場で稽古をしております」

寿美代は丁寧にお辞儀をした。

「ほう……」

若干の驚きと共に左膳は呟いた。それから、

「物好きと申すと失礼ながら、どうして倅の道場に入門なさったのかな。よろしかったらわけをお聞かせくださらぬか」

殺しの探索とは別にそのことがまず気になった。寿美代はしばらく黙っていたが、

「父の仇討ちのためです」

と、きっぱりとした口調で言った。

「小出龍之介さまの仇討ちということは、相手は……」

左膳が確認しようとしたところで、

「大柳玄蕃さまですね」

勢い込んで手塚が言った。

「そうです」

毅然として寿美代は認めた。

「小出さまを斬ったのは大柳さまと確信しておられるのですな」

左膳の言葉に寿美代は、「そうです」としっかりとした声で認めた。

「何故ですか」

左膳の問いかけは寿美代には意外であるようだ。

「それは自明の理ではござりませぬか」

若干の戸惑いを示しつつも寿美代はきっぱりと答えた。

「亡骸に風車が置いてあったからですか」

左膳は問いを重ねた。

「その通りですが……」

寿美代は手塚を見た。

手塚が口をもごもごとさせたところで、

「三年前に出没した辻斬りと同一犯だと、手塚殿に聞きました。それに、父も大柳さまを疑っておったのです。父は辻斬りを繰り返す大柳さまを咎めようと夜回りをしたのです」

夜回り中に小出龍之介は大柳に遭遇し、返り討ちに遭った、と寿美代は信じている。

「小出殿と大柳殿は面識があったのですか」

左膳は問いかけた。

「懇意にはしていませんでしたが、面識はありました。道で会えば挨拶を交わす程度ですが」

寿美代は言った。

「淳之介さまは剣の腕はいかに」

左膳の問いかけに寿美代は、

「父から基本を学んでおります。父は一角の剣客でした。その父を一刀の下に斬り捨てた大柳さまを相手に勝負を挑むには、まだまだ修練が足りません。兵部先生に厳しく手ほどきをされ、それに耐えられれば……それに一縷の望みを託して剣術の稽古をしているのです」

と、期待を目に込めた。

「兵部の指導か」

左膳は呟いた。

ここでおずおずと手塚が言葉を添えた。

「やっぱり、大柳さまですよ」

「決まっております」

寿美代も賛同した。

左膳はそれを頭から否定はせず、穏やかな面持ちで問いかけた。

「つかぬことをお尋ね致しますが、小出殿の亡骸の傍らに風車の他、何か奇妙な物が置かれてはいませんでしたか」

手塚も興味津々な目をした。

寿美代はおやっとなり、

「はい。実は……」

答えるのを躊躇(ためら)った。

「むろん、口外致しません」

左膳が言うと手塚も大きくうなずいた。

「あの、それがどんな意味があるのでしょう。父の死に様を、今更、蒸し返したところで何になりましょう」

寿美代はきつい目をした。

「寿美代殿のお気持ちはわかります。ただ、我ら、今回の辻斬り、果たして大柳殿の仕業なのかと、その一から見直そうとこうして歩いておるのです」

諭すように左膳は語りかけた。

「なんと……大柳さまが辻斬りではないかもしれないと」

寿美代は動揺を示した。

「まだ、そう決まってはおりませぬ。ただ、殺された者を巡り、調べ直しておるのです。ですから、何かお気づきのことがござりましたらお話しいただきたいのです」

左膳の言葉にわかりました、と了承し、

「実は奇妙というか腹立たしい真似をされていたのです」

寿美代は眉根を寄せ、話を続けた。

小出龍之介の亡骸は両手に桃の実と草餅が持たされていたそうだ。

「なんじゃ、そりゃ」

思わず手塚が言い、慌てて口を閉ざす。

「まったく、馬鹿にしております。辱めるにも程があります」

寿美代は怒りを募らせた。

「桃と草餅、小出さまの好物であったのですか」

左膳は問いかけた。

「いいえ、特には」

戸惑い気味に寿美代は首を傾げた。

「まったく、奇妙ですな」

手塚は唸った。

「亡骸を見た時は、怒りと共に困惑してしまいました」

寿美代の言う通りであろう。

「あの、大柳さまの意図は何だったのでしょう」

寿美代はすっかり困惑をして、どうしようもない様子である。

「やはり、小出さまにもまじないを施していたんですね。大柳さま、あ、いや、下手人は……」

手塚は益々混迷を深めていた。

「あの、他に犠牲になったみなさんの亡骸にも妙な細工がなされていたのですか」

寿美代は疑問を抱いたようだ。

「そうなんですよ。他に犠牲になった三人もそれぞれに奇妙なまじないが施されていたんです」

手塚が豊年屋与兵衛、児島小庵、お富の亡骸に施された奇妙なまじないについて説明した。

「大柳さま、どうしてそのようなことを……死者を辱めるなんて」

「桃と草餅に心当たりはないのですな」

左膳は念押しをした。

「まったくございません」

きっぱりと寿美代は否定した。

「しかし、こうなると淳之介殿が大柳さまに仇討ちを挑むのはどうでしょうな」

左膳は危惧した。

「ひとまず、様子を見た方がいいんじゃございませんか」

手塚も危ぶんだ。

「そんな……今更、そんなことを」

寿美代はどうしていいのかわからないといった風情になった。

「剣の修行に無駄はないですぞ」

心底から左膳は断じた。

第三章　剣客兄弟

一

翌七日の朝、兵部は道場で小出淳之介の訪問を受けた。昨日に引き続き、曇天模様の寒々とした日になりそうだ。

いつも淳之介は稽古が始まる前にやって来る。今日は一段と早いのだが、その表情は今日の天気同様に曇っている。

「いかがした」

兵部は気になった。

少し、お話をさせてください、という淳之介の申し出を受けて控えの間に入った。

「姉上から聞いたのです」

と、語り始めた。

来栖左膳と南町の同心手塚八兵衛がやって来て、今回の辻斬り騒動を調べ直しているという。

「父が……」

どうして左膳が辻斬りを探索しているのだ、という疑念が脳裏を過ったが、それはともかく、

「父も南町の同心も大柳玄蕃が辻斬りではない、と考えておるのか」

兵部は首を捻った。

「手塚の方は迷う風の様子であったそうですが、来栖殿は別に下手人がいる、と考えておられるようです。それで、姉も動転してしまって……」

寿美代は大柳を仇と挑むことに躊躇いを感じているのだそうだ。

「ならば、剣の修行はやめるのか」

兵部は淳之介の目を見た。

「やめたくはありません。大柳玄蕃を討つかどうかはともかく、それとは別に兵部先生について剣を学びたいと思います」

淳之介は強く言い立てた。

「その意気やよし」

兵部もそれを受け入れた。

「ありがとうございます」

淳之介が礼を言ったところで、

「しかし、たとえ大柳玄蕃が辻斬りを働いておらぬとしても、父を斬った者はおります。その者を仇討ち相手として、仇討ち本懐(ほんかい)を遂げたいと思います」

改めて淳之介は決意を示した。

「ならば、真の下手人を探す必要があるが、それは父に任せるか」

兵部は言った。

「こんなことを申しては、修行する身としましては失格ですが、下手人がわからないことには身が入りません」

淳之介は泣き言と承知で言った。

「それはその通りだ。仇討ち相手の憎き顔を思い描かないことには闘志がわかかぬ。闘志がわかなければ、剣の修行に身が入らないのはよくわかる。迷いは修行にとっての大敵だからな」

兵部も理解を示した。

「畏れ入ります」

淳之介は頭を下げた。

「と申しているうちに、おれも胸の中がもやもやとしてきたぞ」

兵部は手で胸をさすった。

「申し訳ございません。先生のお心まで煩わせてしまいました」

淳之介はすっかり恐縮の体となった。

「それはよいが……そうだ、いっそ、大柳玄蕃が辻斬りではないかどうかだけでも確かめるか」

兵部の提案に、

「お父上が大柳さまを訪ねたのではありませんか。今更、もう一度、訪問しても真実がわかるかどうか……それに、大柳さまに不愉快な思いをさせてしまいます」

「不愉快な思いをさせても構わんじゃないか」

淳之介のためらいを兵部は責めるように告げた。

「それは、そうですが……」

受け入れながらも淳之介は躊躇いがちである。

「よし、まずは父に訊く」

兵部は腰を上げた。

淳之介も自分も同道させてください、と頼んだ。

「よかろう」

兵部は淳之介を伴って左膳を訪れることにした。


左膳は傘張り小屋で長助と共に傘を張っていた。

失敗を繰り返すことはなくなったが、それでも集中できない。長助に声をかけられても上の空である。手塚と共に探索をした四つの殺しが頭を離れないのだ。亡骸に施された珍妙なるまじないは何を意味するのだろう。

「旦那さま……」

何度目かの長助の声かけに、左膳は我に返った。糊が付いていない刷毛で傘の骨をなぞっている、と指摘された。

「ああ、すまんすまん」

左膳は刷毛を脇に置いた。

そこへ、兵部がやって来た。

若い侍を伴っている。さては、淳之介だなと見当をつけ、用件も大柳が辻斬りかどうかという点を問い質そうというのだろう、と見当をつけた。

　案の定、兵部は若侍が小出淳之介だと紹介した。

　淳之介は丁寧に挨拶をした。

「父上……」

　兵部が話を切り出そうとしたのを制し、

「大柳玄蕃の一件だな」

　左膳は言った。

「お察しの通りです。淳之介殿は大柳玄蕃をお父上の仇と信じて剣術修行をしております。それが、大柳が辻斬りではない、としましたら、淳之介殿は目標を見失ってしまいます」

　兵部は返した。

「それはわかる」

　左膳は淳之介を見た。

　淳之介は思いつめたような顔で畏まっている。

「親父殿は辻斬りを大柳の仕業ではない、とお考えなのですな」

「そのつもりで真の辻斬りを追っておる」

左膳は即答した。

「その証はありますか」

兵部は問いかけた。

「しかとしたことはない」

首を左右に振り左膳は答えた。

「あくまで、勘ですな」

兵部に言われ、左膳は嫌な顔をした。

「おれも確かめる」

兵部は申し出たが、

「おまえはやめておけ」

左膳は警戒心を以って命じた。

「親父殿、おれはがさつゆえ止めるのであろう」

むっとして兵部は返した。

「その通りだ」

何の躊躇いもなく左膳は肯定した。

「親父殿……」

兵部は顔をしかめた。

「その通りではないか。おまえのことだ。意に染まぬとなると喧嘩腰になっては、真実は明らかにはならぬ」

あくまで沈着冷静に左膳は返した。

「信用ないな」

兵部は頭を左右に振った。

「ああ、おまえは物事をぶち壊す」

左膳の遠慮会釈のない言葉に兵部は辟易(へきえき)としながらも、

「それでは、親父殿が大柳玄蕃が辻斬り犯ではない証を立ててくだされ」

兵部は強い口調で頼んだ。

横で淳之介も真摯(しんし)に目を凝らしている。淳之介とて、このままの気持ちではもやもやばかりが残って如何(いかん)ともしがたいのであろう。

「くれぐれもお願いしますぞ」

兵部は念押しをする。

「くどいぞ」

左膳は渋面を作った。

すると淳之介が、

「わたしも同道させてください」

切なる願いを訴えるかのように眦を決して頼み込んだ。

「それは……」

左膳は躊躇った。

「お願い致します。このままでは、わたしはどうしていいのか……」

淳之介は悲壮に顔を歪めた。

「親父殿、おれからも頼む」

強く兵部も言い添える。

左膳は淳之介を見返す。

「お願いします」

淳之介は繰り返し頼んだ。

二

左膳は淳之介を伴い、大柳玄蕃の屋敷を訪れた。

　御殿の客間に通され、左膳は淳之介を紹介する。

「ほう、小出殿のご子息でござるか。先般はまことにお気の毒なことになり、さぞやご無念でござりましょうな」

　その口ぶりからは小出龍之介を斬った後ろめたさの片鱗(へんりん)も見られない。頬を強張(こわば)らせ淳之介は挨拶を返した。左膳が口を開く前に、

「淳之介殿、拙者を仇と思っておられよう」

　大柳の方から話を切り出した。

「あ、いえ……その」

　気まずそうに淳之介は口をもごもごとさせた。

「何も取り繕うことはない」

　大柳は鷹揚(おうよう)に声をかけた。

　淳之介は大柳を見据え、

「父の仇と思っておりました。それゆえ、大柳殿と刃を交えようと来栖殿のご子息、兵部先生に弟子入りし、剣の修行を行っております」

　最早、隠し事は無用だと腹を括って淳之介は言い立てた。大柳は表情を変えることなく返した。

「拙者を仇と見なし、果たし状を送られるのならいつでも受けて立つ。いかに、なさるか」

「その前にお聞かせください。大柳殿は父を斬ったのですか。父ばかりではない。他の三人も斬り捨てたのですか……罪もない三人の町人を……剣の心得などなく、しかも、丸腰の者たちを……一人は女子ですぞ。そんな弱き者どもを無残にも斬り捨てたのですか」

興奮のあまり、淳之介は早口となった。

対して大柳は取り乱すこともなく、

「申したではないか。拙者が辻斬りと思うのなら、果たし状を送ってくるがよい。逃げも隠れもせぬ。いつでも受けて立つ。淳之介殿、お一人でなくともよい。来栖殿の助太刀(すけだち)も構わぬぞ……あ、いや、来栖殿のご子息であるな」

大柳は視線を淳之介から左膳に移した。

淳之介は唇を噛んだ。

ここで左膳が割って入った。

「本日、参ったのは大柳殿が淳之介殿の仇なのかどうかを確かめたいからです。無用の血を流さず、真実を明らかにしたいのです。お答えくだされ、大柳殿が辻斬りなのですか」

左膳は静かな口調で問いかけた。

大柳は口元を緩めて左膳と淳之介を交互に見てから答えた。

「拙者ではない」

左膳は受け入れるようにお辞儀をしたが淳之介はうつむいている。大柳の言葉を信用していいのか、迷っているようだ。

そんな淳之介の心中を察したようで、

「信じられぬのなら、仇と見なせばよい」

さらりと大柳は言ってのけた。

淳之介は益々困惑の度合いを強めた。

話は済んだとばかりに大柳は腰を上げようとした。それを左膳は制し、

「証をお示しくだされ！」

強い口調で呼び止めた。

大柳は浮かした腰を落ち着かせ、強張った表情で左膳を見た。

左膳は続けた。

「大柳さまの言葉は答えにはなっておりませんぞ」

「……なんじゃと」

大柳はむっとした。

「体のいい、言い逃れですな。大柳殿が辻斬りかどうかを淳之介殿は尋ねておられるのですぞ。その答えを質問者たる淳之介殿に預けてどうするのですか。無責任というもの、逃げ口上でありますぞ」

断固として左膳は主張した。

「なるほど」

尖った目を大柳は緩めた。

続いて、

「ならばはっきりと申す。拙者ではない。武士に二言はない。拙者も自分に嫌疑がかかっておるのは存じておる。それゆえ、真の辻斬りを探し求めておるのじゃ」

と、言い添えた。

淳之介は黙って聞いている。

「それは以前にも聞きました。あの時は見当をつけておられるような口ぶりでしたな」

左膳が言うと、

「いかにも。その見当は裏付けられた。拙者はその者を斬る」

大柳の言葉に淳之介は目をむいて、

「何者ですか」

と、前のめりになった。

「本田勘解由……わが弟である」

大柳は淡々と答えた。

「弟……」

淳之介は驚き、左膳も意外な思いに包まれた。

「ひとつ下の弟は十の時、本田家に養子入りをした。陸奥国三春藩鈴鹿壱岐守さまの馬廻り役、本田一徹殿の養子となったのだ」

「三春藩鈴鹿家と申せば五年前に改易され、今は……」

淳之介は言葉を止めた。

今は……に続いて江戸を騒がす天罰党を構成するのが鈴鹿浪人であると、淳之介が言おうとしたことは左膳にも大柳にも伝わった。

「本田勘解由、すなわち、わが弟は天罰党の中心を成しておる」

目を見開き、大柳は言い添えた。

淳之介は困惑しながらも、

「弟殿は、天罰党の活動の一方で辻斬りを重ねておるのですか」

と、確かめた。

「その通りだ」

大柳はうなずいた。

「何故……」

淳之介は眉根を寄せ、困惑の度合いを深めた。

「それがわからぬ」

大柳も悩ましそうに首を左右に振った。

「姿形は大柳様に似ておられるのですな」

左膳の確認に、

「昼間見れば、間違えることはないが、夜目には区別がつかぬかもしれませぬな。身の丈(たけ)は拙者と変わりがない。顔つきも双子(ふたご)とまではいきませぬが、輪郭(りんかく)、頬骨の張ったところなど、幼いころから周囲の者からそっくりだと言われておった」

大柳は自分の顔を手で撫でた。

「今月一日の晩、わしは南町の同心手塚八兵衛と共に御屋敷の前で大柳殿に遭遇しました。実を申せば、張り込んでおったのです。あの時、わしらが対したのは……」

　左膳が質すと、

「勘解由ですな。勘解由は一日、十一日、二十一日、と一のつく日に訪ねてまいる」

　淡々と大柳は答えた。

　なるほど、殺気立った様子は大柳と別人のようだったはずだ。それに、手塚を見ても初めのうちはわからない様子だった。自分が右手を切り落とした男を忘れるはずはない。大柳の言葉を信じてもいいだろう。あの晩に遭遇したのは弟の勘解由だったのだ。

　だが念のため、ひとつ確かめよう。

「では、三年前、手塚の右手を斬ったのも勘解由殿ですか」

「いや、あれはわしだ。拙者を辻斬り扱いしたことに腹を立てた」

　気の毒なことをした、と大柳は言い添えた。

「手塚のことは勘解由殿にも話されたのですな」

　左膳の確認を大柳は、「そうだ」と肯定した。

「今回の辻斬り、弟殿の仕業だったのですか、よくわかりました」

　淳之介は納得したが、

「どうも解せませぬな」

左膳は疑問を差し挟んだ。

「何がだ」

大柳は剣呑な目をした。

「いや、その、三春藩鈴鹿家の仇たる公儀の役職者を弟殿が恨みに思い、天罰の名の下に斬る、というのはわかります。ですが、辻斬りで犠牲になった者たちは鈴鹿家や鈴鹿家を改易に処した公儀の役職者と関わっていたのでしょうか。無関係としたら、弟、本田勘解由殿が罪もない町人を無慈悲に殺すというのはいかなるわけでしょう」

左膳は疑問を呈した。

「勘解由は殊の外、剣にうるさかった。とにかく、実戦の剣、剣とは人を斬るためにあり、という考えであった。三年前の辻斬りは、おそらくは、真剣を駆使し、己が技量を試そうとしたのだ。しかし、それは多分に言い訳だ。その実は人を斬りたかったのだ。人を斬る誘惑に勝てなかったのだろう」

大柳は考えを述べ立てた。

「なるほど、三年前の辻斬りはわかります。しかし、三年前の辻斬りと今回の辻斬り、ずいぶんと様相が違いますぞ」

左膳の指摘を受け、

「風車が傍らに置いてあったことか」

大柳が問い返すと、

「それは、三年前も同じであったようです」

左膳は言った。

「すると、今回の殺しは……」

大柳も戸惑いを示した。

「風車が置かれたのは同じですが、大いに違う点があります」

左膳は四人の死者に施された、まじないめいた装飾について語った。

「なんじゃと……」

大柳は首を捻った。

その表情に取り繕いはない。

やはり、大柳が今回の辻斬りの下手人ではないことを物語っていた。

「弟殿はどうしてそんなことをしたのか、お心当たりはありますか」

「あるはずがない」

吐き捨てるように大柳は答えた。

左膳は白雲斎を訪ねた若年寄、北川大和守和重の話を思い出した。

「ところで、天罰党は鈴鹿家再興を願い立てておりますな。鈴鹿家には分家に養子に出した一之進殿というお方がおられるとか。大柳殿はご存じですか」

左膳が問うと、

「何度かお会いしたことはある。むろん、勘解由も存じておる。一之進殿も剣の稽古には鈴鹿家の藩邸に通っておられましたからな」

「なるほど、では、天罰党が担ぐのは当然ですな」

「天罰党、あるいは鈴鹿家の旧臣たちが主と仰ぐにふさわしい見識とお人柄である。武芸にも熱心だ……」

鈴鹿一之進を賞賛しながらも大柳の顔には不安の影が差している。

「御家再興、叶うでしょうかな」

白雲斎によると、今年の正月に鈴鹿一之進を新藩主に大名として鈴鹿家を再興する嘆願は却下された。天罰党は御家再興の道が途絶え、改易に関わった三人の幕府要職者斬殺に動いたとのことだった。

左膳はそれを承知で敢えて御家再興の有無を問いかけた。大柳がどの程度、天罰党もしくは鈴鹿家旧臣、さらには鈴鹿一之進と付き合いがあるのかを知るためだ。

大柳は顔を曇らせたまま答えた。

「幕閣から一之進殿に旧三春藩領の代官にならないか、と打診されておるようだ。天領となった旧三春藩領は、一揆や逃散で荒れておる。鈴鹿家を慕う領民が多いからだとか。それなら、鈴鹿秋友殿の実子、一之進殿を代官として旧三春藩領を治めさせようと考える幕閣がおられるのだ」

「江戸で、無関係なのに野次馬というかお節介な町人の中にも天罰党贔屓の者がおります。そうした者たちは公儀の政を非難する声を上げておりますな。旧三春藩領の領民や高まる政への不満をそらすには一之進殿の代官任命は良策とも取れます」

左膳は静かに返した。

しかし、大柳は不満を募らせるように小さくため息を漏らした。左膳が訝しむと、

「それが実現するには問題がふたつある」

大柳は言葉を止めた。

左膳ばかりか淳之介も話に引き込まれ、大柳に視線を釘付けにした。

おもむろに大柳は語り出した。

「ひとつはそれを認めれば、鈴鹿家改易が公儀の失政と認めることになる。特に老中職にあられた……」

大柳に視線を向けられ、

「白雲斎さまこと大峰宗長さまを糾弾することになるのですな」

左膳は旧主の名を出した。

大柳は小さく首を縦に振り、

「いまひとつは一之進殿ご自身のお気持ちだ。一之進殿は躊躇っておられる」

と、言った。

「何故ですか」

思わずといったように淳之介は半身を乗り出した。大柳はわかるな、というような目で左膳を見た。

「身分差というか身代（しんだい）差というか……本音のところはそうしたところではないですかな」

左膳の答えを大柳は肯定して付け加えた。

「分家とはいえ、鈴鹿家は旗本として五千石の身代である。しかるに代官は禄高百五十俵の下級旗本が就く役職だ。城を構えることは許されず、陣屋住まいになる。その程度の身分の旗本が数万石という大名並の領地を治めなければならぬのだから、代官どもの苦労は想像を絶するがな」

身代にふさわしくない役職を鈴鹿一之進が受けるのを躊躇うのも無理からぬことだ。併せて激務である職務に従事する言われはない、と思ってもおかしくはない。

大柳は続けた。

「通常の代官ならば任期というものがある。仕事ぶりを評価されれば、勘定方で昇進も望めるのだ。しかし、一之進殿は旧三春藩領の代官となれば任期などあるまい」

「いかにも、一之進殿には気の毒な提案ですな」

左膳も一之進に同情した。

「拙者なら断る。たとえ、禄高を一万石に加増されても御免だ」

大柳は首を左右に振った。

白雲斎が言っていた。

大柳玄蕃は剣の道を進みたいがため、早々に隠居したがっている、と。そんな大柳が多忙を極める代官職などまっぴら御免だろう。

「かりに、禄高の五千石はそのままで旧三春藩領に代官として赴くとしても、身分の違いを一之進殿が受け入れるかどうかであるな」

大柳の言葉を受け、

「天罰党は何が何でも一之進殿を代官に、と望んでいるのでしょうかな」

左膳は問い返した。

「そうであろう。とすると、一之進殿は天罰党に利用されるかもしれませぬ」

語るうちに大柳の顔つきは強張った。

「さて、話を戻します。勘解由殿は何故、斬った亡骸にまじないめいた施しをしたのでしょうな」

改めて左膳は訊いた。

「さて、どういうことでござる」

大柳の目は戸惑いに揺れた。

「お心当たりがないようですな」

左膳は確かめた。

ない、と答えてから大柳は続けた。

「勘解由は何かの思惑を以ってそのようなまじないめいた施しをしたのだろうが、それに込められた意味はわからぬ。それに加え、何故、その者たちを斬ったのか……」

大柳は疑問を呈してから、

「強いて申せば、淳之介殿のお父上殺害ですな」

淳之介に視線を向けた。

淳之介は身構える。

大柳は続けた。

「小出龍之介殿は三春藩鈴鹿家とは親しい間柄であった」

各大名家には藩邸出入りの旗本がいる。

先手組に属していた小出龍之介は幕府の人事、内部情報に長けている、との評判であった。また、剣客としての盛名があり、鈴鹿家の江戸藩邸には剣術の指南にも出向いていた。大柳の弟勘解由が本田一徹殿の養子となり、剣に研鑽を積むようになってからは勘解由が鈴鹿家の剣術指南を担うようになった。

「その際に、父といさかいがあったのでしょうか」

淳之介の問いかけに、

「藩邸内部のことゆえ、よくはわからぬが軋轢を生じたとしても不思議はない。勘解由は幼い頃より負けず嫌いでな、拙者への対抗心に溢れておった。拙者が百回素振りをすると、勘解由は、百五十回は行いおった。本田家に養子入りしてからも、折に触れわが屋敷を訪ねて来た。その時も剣の話ばかりをしておったな。話ばかりか、剣での立ち会いを求め、自分の技量を確かめておった」

という大柳の話を受け、左膳が淳之介に問いかけた。

「三春藩邸の剣術指南役を辞めるに当たって、お父上は何か申されておりませんでしたか」

「確かあの時……」

記憶の糸を手繰るように淳之介は虚空を見上げた。

それからしばらくして、

「これで肩の荷が下りた、と剣術指南役を降りてから、そのように申しておりました。大名家の剣術指南などという大役を担うには、もう歳だとも申しておりました」

と、答えた。

左膳が、

「すると、剣術指南役を外されたことに恨みを抱くどころか、安堵しておられたのですな。それでは、勘解由さまに遺恨を抱く、あるいは逆に勘解由さまが剣術指南役のことで龍之介さまとの間に恨みを抱くこともなかった、ということになりますな」

と、念押しをした。

「少なくとも、父から本田勘解由殿の名を聞いたことはありません。父と三春藩鈴鹿家との関わりもほとんど存じませんでした」

淳之介が言うと、

「ちょっと、整理しましょう」

と、左膳は断ってから一連の出来事を時系列で述べ立てた。

「勘解由殿が本田家に養子入りしたのは十の時ですな。というと今から……」

これには大柳が答えた。

「二十三年前ですな」

大柳は今年三十四である。ひとつ下の勘解由は三十三ということだ。

「小出龍之介殿が三春藩邸の剣術指南役をお辞めになったのは……」

今度は淳之介に問いかけた。

「それが……」

十五の淳之介は少年期であったために、しかとした記憶は曖昧のようだ。

代わって大柳が答えた。

「六年前でしょう。勘解由が報告に参りました。小出殿に代わり剣術指南役になった、といたく喜んでおりましたな。拙者と祝い酒を酌み交わし、勘解由には刀一振りをやりました」

「六年前、父は四十でした」

淳之介が答えた。

左膳はうなずき、

「二十七の勘解由殿は剣客としての盛りを迎えた頃、龍之介殿は若者相手の剣術指導は辛い年頃になったのかもしれませんな」

と、考えを述べ立てた。

「そうだとしても不思議はありません」

淳之介も認めた。

「三春藩が改易されたのは五年前、勘解由殿が剣術指南役になった翌年ということになりますな」

左膳の言葉に大柳も淳之介も首を縦に振った。

「勘解由殿は改易について、何か話しておられましたか」

左膳が問いかけると、

「改易になったとは報告に来たが、御家の内情に関わるゆえ、具体的な話をしようとはしなかったな」

大柳は返した

「隠し金山があり、それが公儀から摘発された、という話がありますが」

むろん他愛(たあい)もない噂話でしょうが、と左膳は言い添えた。

「さて、それはどうであろう。確かに三春藩の領地である陸奥国三春の周辺は、遥か古、平泉の藤原氏が治めていた頃は金山があり、川では砂金が採れたそうだ。しかし、戦国の頃には枯渇した、と勘解由は申しておった」

大柳は言った。

三春藩鈴鹿家は平安の世より続いた家柄である。鈴鹿家の先祖は下級貴族であったが平安時代の中期、陸奥に国司の介として赴任して三春に土着した。以来、国人領主として源平合戦、南北朝の騒乱、戦国の世を生き延びた。

「読売の記事を鵜呑みには致さぬが、昨日の読売は面白いことを書いておった」

大柳は懐中から読売を取り出し、左膳と淳之介の前に置いた。左膳は先に目を通すよう淳之介に目配せをした。淳之介が手に取って読んでいる間に大柳が内容を話してくれた。

読売によると、豊臣秀吉の天下統一が進み、小田原城が包囲された。秀吉は旗幟を鮮明にしようとしない伊達政宗を攻めるため、奥羽の国人領主を調略して味方につけた。その際に、伊達家を攻めるための軍資金を鈴鹿家に用意させた。

鈴鹿家は軍資金提供を条件に領土を秀吉から安堵されたという。

ところが、大きな地震が陸奥を襲う。その時、山崩れが起き、鈴鹿家の本城が埋まってしまった。大勢の家臣と共に蓄えられた金も土中に埋没（まいぼつ）してしまったのである。

その後、伊達政宗は秀吉に臣従（しんじゅう）し、伊達攻めは中止された。

鈴鹿家の領土も安堵されたが、莫大（ばくだい）な金を失い、御家は傾き勢力が衰えたまま徳川の世を迎えた。徳川家康（いえやす）は平安の世から存続する鈴鹿家への配慮で三春藩主として本領安堵したのだった。

「埋蔵金を鈴鹿家は隠匿（いんとく）していたのを公儀に咎められた、と読売は書き立てておるのだ」

ここまで大柳が語ったところで淳之介は読売を読み終え、左膳に手渡した。左膳は素早く目を通した。

「隠し金山の次は埋蔵金じゃ。まったく読売は好き勝手に書きおる」

大柳は失笑した。

「わしもそう思いますな」

左膳も同意した。

「ならば、鈴鹿家の埋蔵金を自分の物にせんとした御公儀の役人を天罰党が狙って殺す、というのは読売ならではの見立て（みた）ということでしょうか」

淳之介は疑問を呈した。

「それはそうだろう」

大柳は即答した。

「ならば、天罰党の目的は何でしょうな。鈴鹿家改易に関わった者への意趣返しでしょうか」

左膳は問題の原点に返った。

「当然、三春藩鈴鹿家を改易に持ち込んだ公儀への意趣返しであろう」

疑いもなく大柳は言った。

「ならば、それとは別に勘解由さまは何故、殺戮を重ねているのでしょう。鈴鹿家に関係した小出龍之介殿を斬った、というのは百歩譲ってわかります。表沙汰にはならなかった争いがあったのかもしれず、それが遺恨として残ったからかもしれませぬかなら」

左膳は推測した。

「それは否定できぬが、他の三人を斬った、というのがどうにもわからない。そのことが引っかかっておるゆえ、拙者は勘解由を斬るに迷いが生じてしまう。これは、兄としての欲目かもしれぬが、勘解由は理不尽に人を斬るような男ではない。それゆえ、今回の辻斬りが勘解由の仕業だとは本音を申せば半信半疑じゃ」

大柳は言った。

「ですが、三年前には辻斬りをなさったのではありませんか」

抗議するように淳之介が語りかけた。

「あれとても、果たして勘解由の仕業なのか、拙者ははなはだ疑問である」

大柳は前言を翻しそうだ。

「失礼ながら、三年前の辻斬り騒動は大柳さまが疑われましたな」

即座に左膳は問いかけた。

「いかにも。それは承知しておる。八丁堀同心にもつきまとわれた」

大柳は苦笑した。

「大柳殿の仕業ではないのですな」

左膳は念押しをした。

「拙者の仕業ではない」

大柳はきっぱりと否定した。

「しかし、そう濡れ衣をかけられたのはおわかりであったのでしょう。それなのにどうして身の証を立てようとなさらなかったのですか」

左膳は踏み込んだ。

「ひょっとして、勘解由の仕業か、と思ったからだ」

苦しげに大柳は答えた。

「それは、何故でござるか」

淳之介が訊いた。

「風車じゃ」

大柳は答えた。

「風車……確かに亡骸の脇には風車が置かれておったとか。わが父の亡骸の横にも置いてありました」

淳之介はうなずいた。

三

「勘解由が大柳家を去るに際して、拙者は風車を与えた」

大柳は手製の風車を作るのが得意だったそうだ。

「拙者が作る風車はとてもよく回った。軽やかな音を立ててな。それを勘解由はとても羨んでいた。自分が作る風車は回りが悪い、と剣だけではなく風車作りも拙者に対抗心を剝き出しにしおった。が、当家を去る時は、勘解由はうれしげに風車を手に翳し、自分で息を吹きかけ、回しておったものじゃ」

懐かしそうに大柳は目を細めた。

「三年前も風車が辻斬りの傍らに置いてあったのですな」

左膳が確かめると、

「左様。それゆえ、拙者を誘っておる、と思った」

「勘解由殿が辻斬りとお考えなのは、風車だけですか」

それでは根拠が薄いと不満を滲ませ左膳は問いかけた。

「それと、刀傷じゃ」

大柳は夜回りをした際に、夜鷹の亡骸の傷を調べた。

「一刀の下に斬られていたのですな。いずれも、掃い斬りで腹を横一文字に斬られておったそうですな」

左膳は言った。

横で淳之介が言い添えた。

「いかにも、掃い斬りでござった」

掃い斬りとは抜くや横に掃う技だ。

「右手だけを使い、抜く手も見せぬ早業であろう」

大柳は立ち上がると刀掛けから大刀を取り、腰に差した。そして、座敷を出ると濡れ縁に立ち、左膳と淳之介を振り返った。左膳と淳之介も腰を上げる。

大柳は庭に降り立った。

数歩進んで屋敷との間隔を開ける。

「人形(ひとがた)を持て」

大柳は声を放った。

庭の隅で家来の返事が聞こえ、すぐに俵(たわら)でできた案山子(かかし)を持ってきた。それを地べたに突き刺す。

「ご覧あれ」

大柳は左膳と淳之介に声をかけると、猛然と駆け出した。疾風(しっぷう)の勢いで案山子に至ると抜刀し横に掃う。

案山子は上下真っ二つに切断された。

大柳は案山子の横を走り抜けた。

左膳と淳之介を見上げ、

「これが掃い斬りでござる」

大柳は納刀し、濡れ縁に上がった。

「これは、拙者が勘解由に伝授致した」

元服をした挨拶に勘解由はやって来た。大柳は弟の元服を祝った。大柳家から本田家に養子入りして五年の歳月の間、十五の元服を迎えた勘解由は逞しい武士に成長していた。

「勘解由は拙者に剣の稽古を申し出ました」

屋敷内で二人は剣を交えた。

「拙者も驚くほどの研鑽ぶりでござった。それで、うれしくなり、拙者はわが居合の秘伝、疾風掃い斬りを伝授したのでござる」

大柳は誇らしそうに胸を張ってから、

「この技は滅多に使うものではござらぬ。おおいなる変則な技ですからな」

いわば邪剣だと大柳は言い添えた。

「それゆえ、勘解由にも封印するよう伝えたのですが……」

小さくため息を吐き大柳は言った。

「何故ですか」

淳之介は疑問を投げかけた。

「人を斬るための剣法であるからだ」

大柳は両目を大きく見開いた。

それでも、淳之介が納得いかないような素振りを見せているため、

「一撃必殺、これはしくじると己の命が危ない。反撃を受けた場合の受け身に弱点があるからだ。何しろ、走り抜け、敵に背中を見せることになるからな」

大柳の言葉には説得力があった。

「なるほど」

淳之介も納得したようだ。

「よって、死を覚悟し、どうしても倒さねばならぬ敵にのみ使うのが疾風掃い斬りなのだ」

大柳は断じた。

「しかし、そんな必殺剣を申しては何ですが夜鷹や物乞い相手に駆使したというのは何故なのでしょうか」

真摯な表情で淳之介は疑問をぶつけた。

「拙者へのあてつけであろう」

大柳は言った。

「ならば、大柳殿は勘解由殿に問い質したのですか。一がつく日には訪ねて来られるのですよね」

責めるような口調で淳之介は質した。

「まず、三年前の辻斬りについてであるが、勘解由の仕業では、と危惧して、拙者は神田界隈を夜回りした。その頃は、勘解由の訪問はなかったゆえ、あ奴を探し求めたのだ。幸い、勘解由を神田明神近くで見つけることができた。すぐに追いかけたのだが、すんでのところで逃がしてしまった」

その時に南町の手塚八兵衛と遭遇したのだった。

「南町は拙者を辻斬りと見なした。濡れ衣であるが、拙者も動かぬがよいと判断した。そのうち、辻斬りも止んだ」

大柳は淳之介を見返した。

「では、今回の辻斬りについては……屋敷に訪ねて来られるのでござりましょう。その際、確かめられたと存じますが」

淳之介は問いを重ねた。

「むろん、確かめた。しかし、勘解由は否定しおった。実に屈託(くったく)のない笑顔でな……その顔を見たら、拙者は弟を疑えなくなった」

大柳は目を伏せた。

初めて見せた弱気な態度だ。それだけ、兄弟の絆は強いということか。

いや、大柳の言葉を鵜呑みにしていいのか、と左膳は疑心暗鬼に陥った。淳之介もどうしていいのかわからないようだ。

「何か違和感がありますな」

左膳は言った。

「来栖殿は拙者をお疑いか」

いささかの不快感を滲ませながら大柳は問い返してきた。

「わしと手塚が勘解由殿に遭遇した時、わしの目から見て、勘解由殿は殺気立っておられました。まさしく辻斬りの目をしておられました」

左膳は言った。

「貴殿は拙者が勘解由を逃がそうとしていると考えておるようじゃが、それならば、勘解由に引き合わせようではないか。貴殿の口から勘解由に辻斬りであるか否かの問いかけをなされればよい」

大柳は毅然とした目をした。

「十一日の晩にこちらの屋敷に参ればよろしいのですか」

左膳は問いを重ねる。

「いや、十一日まで待たずともよい。明日の暮れ六つ、勘解由を訪ねる。貴殿も同道されよ」

大柳は誘った。

「勘解由殿の所在はわかっておられるのですか」

と左膳が確かめると、

「同道させてください」

淳之介が勇んで頼み込んだ。

きっと、大柳は拒むだろうと思いきや、

「よろしかろう。但し、淳之介殿、我が身を守れますかな」

ぎろりとした目で大柳は淳之介を見た。淳之介も大柳を見返し、

「無論、覚悟をしております」

「武士に二言はないぞ」

大柳は言葉を重ねる。

「わかっております」

淳之介は毅然とした態度を見せた。

「ならば、同道せよ」

大柳は受け入れてくれた。

こうなっては左膳とて気にかかる。

大柳は左膳を見て、

「来栖殿も同道なされるな」

と念を押した。

「気にかかりますな。勘解由さまに会うということは天罰党の巣窟に乗り込むということでしょう」

左膳は返した。

「いかにも」

大柳はさらりと言ってのけた。

「ならば、いっそのこと町奉行所に話して捕物出役を要請すればよいではござりませぬか」

左膳が勧めると、

「それはできぬ。拙者の手で決着をつけたい」

「天罰党の人数はわかっておられるのですか」

左膳の問いかけに横で淳之介もうなずいた。

「わからぬ。しかし、人数の問題ではない。一人なら乗り込む、百人、千人なら引く、では武士ではない」

大柳は強気に言い放った

「その心意気は素晴らしいと存じますが一方で無謀でもありますな」

左膳の論評に、

「いかにも。しかし、それで、怯んでおっては武士の名折れだ。勘解由は拙者を挑発しておる。誘いの手に乗らぬことはできぬ」

大柳は主張を曲げない。

「わかりました。止め立ては致しませぬ」

左膳は受け入れた。

大柳はうなずくと、

「淳之介殿、繰り返すが行かぬのなら今、断りを入れよ」

と、淳之介に言った。

「同道致します」

毅然と淳之介は返事をした。

「ならば、明日の暮れ六つ、わが屋敷の近くの辻番所にて待つ」

大柳は念押しするように目を凝らした。

「承知しました」

声を励まし淳之介は返事をした。

左膳は疑問が残ったが、それを口に出すことはなかった。

四

左膳は淳之介と共に兵部の道場に立ち寄った。兵部は門人たちに素振りをやらせておいて、控えの間にやって来た。その顔は好奇心に染まっている。

左膳から大柳を訪問した経緯をかいつまんで説明した。

「すると、大柳殿は天罰党退治に動く、ということか」

兵部はうなずいた。

「わたしは明日、大柳さまと共に天罰党を退治にゆきます。天罰党を率いる本田勘解由はわが父の仇です。必ず、仇討ちを行います」

毅然とした決意を淳之介は示した。

「親父殿も行かれるのですか」

兵部は問いかけた。

「なんじゃ、おまえも行きたそうだな」

左膳に返され、

「門人の身が心配ですのでな」

兵部は淳之介を大義名分にした。

淳之介は畏れ入ります、と頭を下げた。

「それもあろうが、本音のところは、そなた疾風掃い斬りと対決したくなったのであろう。どうだ」

左膳はにんまりと笑った。

兵部は頭を掻きながら、

「お見通しの通りですな。剣客として、興味を抱かずにはおられませぬぞ」

「興味ばかりか剣を交えずにはいられない、であろう」

左膳にからかわれ、

「これは一本取られましたな」

兵部は笑った。

「ただ、わからんのは、本田勘解由が亡骸に施したまじないだ」

左膳は言った。

「変わり者なのだろう」

兵部は問題にしない。

「変わり者にせよ、わざわざ面倒な施しをするとは思えぬな」

左膳は反論した。

「偶々の思い付きでしょう」

兵部は重視していない。

すると、淳之介が、

「思い付きではないと思います。思い付きにしては手が込んでいます」

と、言った。

そうだ、というように左膳もうなずく。

「そうか、そうとも取れるか」

兵部も関心を示した。

「そうともではない。そう取れるのだ」

左膳は釘を刺すように言った。

「わかりました」

兵部は認めた。

「しかし、その答えは大柳さまもご存じないようであった」

左膳は言った。

「わからん」

兵部は早々に諦めた。

すると、

「ごめんください」

と、鈿女屋次郎右衛門がやって来た。にこやかな顔で、

「おや、これは御家老もいらっしゃいましたか」

と、風呂敷包を横に置いた。

「弟子入りを受けて頂きまして、まことにありがとうございます」

と、商人を入門させた兵部に礼を言い、白桃をお持ちしました、と風呂敷包を開けた。目にも鮮やかな白桃の他に竹の皮包がある。

「よい、桃でござりましょう」

次郎右衛門は桃を手に取った。

「美味そうだ」

兵部も満足そうである。

次郎右衛門は竹の皮包を開けた。

「草餅でございますぞ。ここの草餅は評判がよいのですよ」

次郎右衛門はうれしそうだ。

「桃と草餅とは妙な取り合わせではないか」

兵部は笑った。

対して淳之介は顔を曇らせた。左膳は淳之介の表情が沈んだのを見て、

「お父上の亡骸ですな」

と、語りかけた。

淳之介の父龍之介は両手に桃と草餅を握らされていたのだ。

そんなことは知らない次郎右衛門も右手に桃、左手に草餅を持って、

「いやあ、両の手に桃や桜と草の餅、ですな」

と、うれしそうに言った。

「……おまえ、どうしてそのことを知っておるのだ」

左膳は次郎右衛門に問いかけた。

次郎右衛門はきょとんとなって、

「御家老、そんな怖い顔をなさって……」

「どうして、存じておるのだ」

左膳は龍之介の亡骸に施されたまじないを思い浮かべている。そのことは表沙汰になってはいない。

「どうしてって、俳諧好きなら知っていますけど」

おろおろとしながら次郎右衛門は答えた。

「俳諧……どういうことだ」

目を凝らし左膳は問いを重ねた。

「芭蕉ですよ。芭蕉の句に、両の手に桃や桜に草の餅、というのがあります」

次郎右衛門に教えられ、

「なるほど、そうなのか」

左膳は深くうなずいた。

「ですから、お勧めしましたぞ。俳諧は面白い、時節の移り変わりを楽しむことができるのですからな」

ここぞとばかりに次郎右衛門は俳諧をやってみるよう勧めてきた。

「そうだな、やってみるか」

生返事をしてから、

「ならば、こういう句はあるか」

左膳は裸にむいた亡骸を持ち出した。

「裸ですか」

次郎右衛門は考え込む。

「いかにも裸では時節を楽しむことにはならぬな。考え過ぎのようだ」

左膳は桃と草餅は偶然かと思ったが、

「いや、そんな偶然はあるまい」

と、考え直した。

「何かないか」

左膳は問を重ねる。

「裸ですか……」

次郎右衛門は思案を巡らせた。

「医者が寒空に裸になる、たとえば医者の不養生を句にしたものはないか」

「それでは川柳ですな」

「う〜む……」

　左膳は唸った。

　すると次郎右衛門が、

「ひょっとして、裸にはまだ如月の嵐かな、というのがありますぞ」

　と、言った。

「それだ！」

　左膳は大きな声になった。

「びっくりしました」

　次郎右衛門は言った。

「すまん、もう一度言ってくれ」

「ですから、裸にはまだ如月の嵐かな、つまり、如月のまだまだ寒いこの時節に裸でいることの寒さを詠んだのですよ」

　次郎右衛門が説明を加えると、

「そんなこと、当たり前ではないか」

　と、兵部が口を挟んだ。

「それを言っては身も蓋もないではございませんか」

次郎右衛門は鼻白んだ。

「だって、そうだろう。おまえだって、如月に裸で過ごせるか。おれは、時に厳寒の砌(みぎり)には下帯ひとつとなって水を浴びることがあるがな」

兵部の自慢に、

「それは大したものとは存じますが、ちとばかり意味合いが違いますな」

次郎右衛門は苦笑した。

「どう違うのだ。おれは風流とか風雅とかには、無縁の男でな」

兵部は声を放って笑った。

「まま、それはそれとしまして、芭蕉は風雅を詠んだのでございます」

次郎右衛門は言った。

まだ、文句を言いたげな兵部を制し、

「梅を詠んだ俳諧もあろう」

左膳が訊くと、

「それは、数多(あまた)ありますな」

次郎右衛門はいくつかの芭蕉の俳句を諳(そら)んじた。いずれも、梅を詠んだ句であるがあまりにも多すぎて左膳は判断に迷った。

「では、髪の毛を詠んだ句はあるか」

と、改めて問いかけた。

「髪の毛……でございますか」

次郎右衛門は自分の頭をさすりながら問い返した。

「そうだ、髪の毛だ」

左膳は念を押した。

「いや、髪の毛というのは季語にもなりませんからな」

次郎右衛門が返すと、

「そうか……俳諧には季語が必要であるな……」

左膳は首を捻った。

「いかがされたのですか。俳諧に興味を持たれたのなら、一緒に句会に出ませんか」

次郎右衛門はすっかりその気になった。

「いや、それはいずれということで」

左膳は曖昧に言葉を濁した。

ここで淳之介が、

「来栖殿、俳諧が殺しに関係している、とお考えなのですか」

と、訊いた。

それに左膳が答える前に、

「そんはなずはなかろう」

兵部は否定した。

「おまえは黙っておれ」

左膳が厳しい目を向けた。

「しかし、おかしいでしょう。殺しを詠んだ俳諧などあるはずがない。おれは一句も詠んだことはないが、次郎右衛門が申したように俳諧とは時節の移ろい、風情を楽しみ、五、七、五に託すものであろう。殺しなどという殺伐とした一件とはまるで水と油ではないか」

兵部は譲らない。

兵部の反論に左膳が答えた。

「下手人は殺しを俳諧に詠んでおるのではない。松尾芭蕉が詠んだ句をなぞっておる、というか見立てておるのだ。つまり、芭蕉の句に似せておる、とでも申すべきか」

左膳に続いて淳之介も、

「わたしも同じ考えです。本田勘解由は、あ、いや、下手人は亡骸を芭蕉の句で彩っておるのです」

　と、言うと、

「何のためにそんなことをするのだ」

　不満そうに兵部は返した。

　左膳が眉根を寄せ、

「わからん奴だな。そのわけを考えておるのではないか。そして、わけがわかれば一連の辻斬りがまことに本田勘解由の仕業なのか、勘解由だとしたら何故四人を斬ったのかが判明するのだ」

　と、諭すように言った。

　兵部はうなずきながらも、

「しかし、髪の毛はどうなのだ。女の髪の毛を切る句などありはしないだろう」

　と、反論した。

「それはそうですが」

　淳之介はうろたえた。

　俳諧に不案内な左膳も答えられない。すると、一人思案していた次郎右衛門が両手を打ち鳴らした。

「わかったか」

期待を込め、左膳は問いかけた。

次郎右衛門は声を上ずらせ、

「月さびよ、明智が妻の話せむ……」

と、気持ちを込めて詠んだ。

左膳と淳之介は意味がわからず顔を見合わせた。兵部も首を捻り、

「それが髪の毛と関係があるのか」

と、責めるような口調で次郎右衛門に訊いた。続いで淳之介が、

「明智とは……」

と、問いを重ねる。

次郎右衛門は心持ち得意そうになって、

「明智とは明智光秀でございますよ」

「天下の謀反人を芭蕉は句に詠んだのか。そもそも、髪の毛を切るのと関係があるのか。さっぱりわからんぞ」

不満そうに兵部は言い立てた。

次郎右衛門は左膳を見た。御家老ならおわかりでしょう、と目が言っている。

左膳はおもむろに、

「明智光秀は世に出る前、越前で食客暮らしをしていた。文武に秀でた光秀は連歌も高く評価されていた。ある日、連歌会を主宰することになったが費用がない。当時の連歌会というのは、様々な繋がり、雑説が耳に入る貴重な場であった。夫のため、光秀の妻は女の命である髪の毛を売り、連歌会の費用を工面したのだ」

と、語った。

次郎右衛門は何度もうなずき、

「さすがは御家老、よくご存じですな。芭蕉翁は越前の地でその故事を思い出し、逗留先の弟子の家で句に詠んだのです」

と、兵部を見た。

兵部も納得し、

「なるほど、下手人はその句に見立て芸者の髪の毛を切ったのだな。となると、梅の花を撒いたのも何らかの句だな」

と、次郎右衛門を見返した。

「さて、梅を詠んだ句も数多ありますからな。もう少し……その、梅が撒かれた様子をお教え願えますか」

次郎右衛門に訊かれ、左膳は豊年屋の寮の様子を語った。

「ほう、山里のようなお庭……」

思案の後、次郎右衛門は両手を打ち鳴らし、

「山里は万歳遅し梅の花……でござりますな。芭蕉翁が故郷の伊賀で詠んだ句です」

と、芭蕉の句を紹介した。

「これで、下手人が芭蕉の句を見立てておる、とわかりましたが、一体、何のために、そんなことをという謎は解けません」

改めて淳之介は疑問を呈した。

「そうでもないぞ」

左膳が言った。

「わかりましたか」

淳之介が訊く。

「芭蕉を慕って、俳諧の集まりがあろう」

左膳は次郎右衛門に問いかけた。

「それはもう、いくつもありますな。手前も何人かとそうした句会を催しておりますぞ」

次郎右衛門は言った。

するど、淳之介が、

「そう言えば、父も俳諧をやっておりました」

幼い頃の記憶のため、すっかり忘れていたが小出龍之介は俳諧を嗜み、時折句会に出席をしていたそうだ。

「何処の句会ですかな」

左膳が確かめると、

「わたしは存じませんが姉なら知っているかもしれませぬ」

淳之介の答えに続き、

「他の三人も同じ句会に参加していたのかもしれんぞ」

兵部が意気込んだ。

「その可能性は大きいな」

左膳も同意した。

第四章　荒れ果てた風情(ふぜい)

一

次郎右衛門が帰ってから左膳は南町奉行所同心、手塚八兵衛を思った。

「ところで、明日の夜なのだがな、仲間に加えたい男がおるのだ」

左膳は言った。

「おいおい、親父殿、それならおれを加えてくれぬか」

嫌な顔をして兵部は抗議した。

「いや、むしろ、おまえを除いても是非にも加えてやらねばならぬ男だ」

左膳が拒絶すると、

「ほう、さぞかし、腕の立つ男なのだろうな」

皮肉めいた物言いをし、兵部はむくれた。そんな兵部を宥めるように左膳は笑みを浮かべ、

「わしが今回の一件に関わることになったきっかけを作った男、南町の臨時廻り、手塚八兵衛だ」

するとと、兵部は深くうなずき、

「なるほど、確かに手塚を外すのは気の毒だな」

と、納得した。

確かめるような目で左膳は淳之介を見た。左膳の視線に気づき、

「手塚殿を加えるのに異存はございません」

と、賛同はしたが淳之介の口調は歯切れが悪い。そこで念押しとばかりに、

「うむ。今回の一件、手塚に手柄を立てさせてやりたい」

左膳の言葉に兵部も淳之介も異を唱えなかった。手塚八兵衛の執念が辻斬り騒動をうやむやにせず、真実を暴き立てるきっかけとなったのだ。

「よし、決まりだな。手塚八兵衛を誘ってやるぞ」

左膳の言葉に兵部も野太い声で賛同してから、

「親父殿、妙な男や妙な一件と器用に関わるものだな」

と、冗談めかして笑った。

「まったくだ」

自嘲気味な笑いを左膳も放つ。

「あの……」

淳之介が迷ったように割り込んだ。手塚を加えることに反対はしなかったものの、何か含むところがあるようだ。

「どうした」

兵部が訊く。

「あ、いえ、なんでもないです」

煮えきらない様子で淳之介は返事をした。

「いいから言ってみろ。腹に一物が残っておっては良き働きができんぞ。それどころか、足を引っ張ることにもなりかねん」

兵部から説得され淳之介は語り始めた。

「いや、その、手塚八兵衛なる男、よもや邪な考えを抱いておるのでは、と。あ、いえ、わたしの邪推だとは思うのですが……たとえば、大柳殿から金をせびろうとしておる、とか。わたしの下世話な勘繰りとは思いますが……」

申し訳なさそうに淳之介は胸に抱いた手塚へのわだかまりを打ち明けた。

「親父殿、どうなのだ」

兵部にも問われ、

「癖のある男だが、役目熱心、いや、執念のようなものすら感じられる。博徒に目こぼししてやって袖の下を受け取っておる、と自分で言っておったが、辻斬りの一件は欲得とは関わりがない。それどころか、臭い物に蓋をしようとした南北町奉行所に逆らってまで探索を続けてきた。右手を失っても八丁堀同心の意地、矜持はなくしておらんのだ。一本筋の通った男だと、わしは思うぞ」

左膳は信用できる男だと言い添えた。

「なるほど、骨のある男のようだな。上の者の顔色を窺わずに己の信念を貫く……親父殿が力になってやりたがるのがよくわかるぞ」

兵部も手塚を信じたようだ。

「執念の八丁堀同心だな」

左膳の言葉に兵部も淳之介も納得したように首を縦に振った。

「淳之介、おれからも頼む。手塚に手柄を立てさせてやってくれ」

兵部は淳之介の肩を叩いた。

わかだまりをなくして淳之介が承知したため、

「よし、ならば、手塚を誘ってやるか」

左膳の脳裏に手塚の喜ぶ顔が目に浮かんだ。


左膳は長助を南町奉行所に使いに出した。

明日の暮れ六つに神田司町の辻番所に来るよう伝言を残すよう言いつけたのだ。

南町奉行所に手塚は不在だったそうだ。書付を手渡し、長助は戻って来た。


七日の暮れ六つ、左膳は淳之介と共に神田司町の辻番所にやって来た。

左膳は黒小袖に同色の裁着け袴、額に鉢金(はちがね)を施し、襷(たすき)を掛けている。淳之介も額に鉢金を施し、紺の道着に身を包んでいた。少年の面影を残す顔が緊張に引き締まり、大人びて見えた。

春が深まったにもかかわらず、今日も肌寒い夜風が吹きすさんでいる。

腰高障子に灯りが映っていた。夜桜の花弁が場違いなように舞い落ちている。ふと左膳は松尾芭蕉なら巧いこと句に詠むだろうな、と思った。

緊張の面持ちで淳之介は立ち止まった。左膳を見て、中に入る了承を求めた。左膳がうなずくと淳之介は腰高障子を叩いた。

「御免、大柳殿、おられるか。小出淳之介でございます」

声をかけたが応答はない。

首を傾げてから淳之介はもう一度呼びかける。

「小出淳之介、来栖左膳殿と加勢に参りました」

しかし、今度も返事はなかった。

不穏な空気を左膳は感じた。

かたかたという音が聞こえた。軒先に突き刺された真っ赤な風車が夜風を受けて回っていた。

淳之介も顔色を変えて左膳を見てから、

「入りますよ」

と、勢いよく腰高障子を開けた。

中は血の海だった。

「ううっ」

濃厚な血の臭いに淳之介がむせ返った。辻番所の役人らしい男が二人、土間に倒れ伏している。

加えて、

「手塚！」

左膳は甲走(かんばし)った声を発した。

手塚八兵衛は仰向けに倒れていた。見開かれた両目に光はなく、胴からおびただしい血が流れている。調べるまでもなく、掃い斬りを食らい絶命したとわかった。

それでも、一縷の望みを抱いて左膳は亡骸の脇に屈み手塚の左手を取った。脈を確かめたが冷たくなった手の脈はぴくりとも動いていない。

そっと、左手を土間に置き、左膳は両手を合わせてから亡骸を調べた。

やはり、腹を横一文字に斬り裂かれていた。無念の形相(ぎょうそう)であの世へと旅立った手塚に左膳は再び合掌すると、開かれた両目をそっと閉じてやった。

他の二人も掃い斬りにされている。

番所内にはまたしても妙なまじないめいた装飾がしてあった。亡骸の間に雀(すずめ)と鯉(こい)が転がしてあったのだ。

「これも芭蕉の句を見立てたものであろうな」

怒りを嚙み締め、左膳は言った。

「きっと、そうでしょう……」

応じたものの、左膳同様に俳諧に不案内な淳之介は具体的な句が浮かばず困惑するばかりだ。

後日、次郎右衛門に確かめたところ、

「行く春や鳥啼き魚の目は涙」

という芭蕉の俳句の見立てとわかった。過ぎ去る春を鳥も魚も惜しんでいる、と芭蕉は句にしたためたそうだ。陰惨な殺しの現場は句の風情など一切感じられない。募るのは手塚や辻番所役人を虫けらのように殺した下手人への嫌悪だ。

「大柳殿は……」

淳之介は大柳がいないことに不審感を抱いている。

「まだか」

左膳は戸口に視線を向けた。

しかし、約束の刻限である暮れ六つを過ぎている。

「行ってみましょう」

淳之介に言われ、左膳も大柳屋敷に足を向けた。

大柳家の屋敷を訪ねたが大柳玄蕃は不在であった。門番に尋ねると四半時(しはんとき)前に出て行ったという。

「大柳殿は本田勘解由殿を追っているのかもしれません」

淳之介の考えに、

「そうかもな」

同意したものの、事の真偽の見当がつかず不安に包まれた。

「いかにしましょうか」

淳之介は左膳を頼っている。

「まずは、辻番所での殺しを報せねばな」

左膳は大柳家の者に頼んで南町奉行所に手塚と辻番所の役人が殺されたことを報せてくれるよう頼んだ。

「周囲を見回るか」

左膳は淳之介と神田司町を巡回し始めた。

しかし、あてもなく歩き回っても、都合よく大柳玄蕃と本田勘解由に遭遇するはずもない。

半時程、巡回してから大柳が戻っているかもと、大柳屋敷を再訪したが大柳は不在のままだった。

「どうしますか」

途方に暮れたように淳之介は天を仰いだ。春らしい霞がかかった夜空は、上弦(じょうげん)の月が映(は)えているが、瞼(まぶた)に焼き付いた殺害現場の陰惨さが晴れるものではない。実際、淳之介は悲壮に顔を歪めている。惨(むご)たらしい亡骸を目の当(ま)たりにし、淳之介の受けた衝撃は相当なものに違いない。

「今日は、これで帰ろう。明日の朝、大柳屋敷に出向こうではないか」

左膳は言った。

「わかりました」

憔悴しきった淳之介は異を唱えなかった。

「そう肩を落とされるな」

左膳は励ましたが、

「しかし、今回、わたしが大柳殿を急(せ)き立てて本田勘解由征伐(せいばつ)を言い出さなければ、辻番所の役人は殺されずにすんだのです。八丁堀同心とても、いくら役目とはいえ、あんな無残な死に様をしなくてもすんだのです」

淳之介は自分に責任を背負い込んだ。

「それは淳之介殿が望んだわけではないのだ。そう自分に背負い込むものではない」

左膳は慰めたが、

「はあ……」

淳之介は面を伏せた。

「無念の思いは下手人、おそらくは本田勘解由にぶつけるべきだ」

左膳は言い添えた。

「それはそうですが……」

淳之介の気持ちは沈んだままである。

「早く戻らないと、姉上が心配しておられるぞ。まずは、無事に帰ったことを姉上にお見せするのがよいのではござらぬか」

諭すように左膳は言葉を重ねた。

「姉はきっと父の仇を討てなかったことを責めるでしょう」

淳之介は苦笑いをした。

「口ではそうだとしても、内心は淳之介殿が無事であればそれだけで喜ばしいものですぞ」

左膳の言葉に淳之介は、「そうであればよいのですが」と力なく答えた。

「そんなしょげかえって戻ってはなりませぬ。胸を張って帰りなされ。ふさぎ込んだとて得るものはありませんぞ。照る日もあれば降る日もある。止まない雨はないのですからな」

　改めて左膳は力強く声をかけた。

「なるほど、止まぬ雨はござりませせぬな。来栖殿に言われると、なんだか気力が湧いてきました」

　淳之介の表情が柔らかになった。

「わしも役に立つことがあるのですな」

　左膳は笑った。

「では、明朝に」

　淳之介はお辞儀をして、立ち去った。

「さて」

　左膳は再び夜空を見上げた。

　霞がかった春の宵はどことなく艶めいている。手塚八兵衛、さぞや無念であっただろう。

　手塚のためにも本田勘解由を成敗しなければならない。

「手塚、安らかにな」

空を見上げ、左膳は合掌し両目を瞑(つむ)って手塚八兵衛の冥福を祈った。

目を開けると、手塚に連れていかれた居酒屋が思い出された。

ここから近くだ。

左膳は足を向けた。

なんだか、手塚への手向(たむ)けをしてやりたくなった。

「一杯、飲むか」

左膳は呟いた。

二

左膳は手塚に連れて来られた居酒屋に入った。相変わらず無愛想な主が石仏のように固まっている。

今日も仁吉たちがたむろしていた。仁吉が左膳に気づくと縁台から腰を上げてお辞儀をし、

「どうぞ、ごゆっくり……あっしら、目障(めざわ)りでしょうから退散しますんで」

へへへと媚(こ)びたような笑いを浮かべ、手下を促した。

「いや、行かずともよい。それよりもどうだ、一緒に飲まぬか。もちろん、わしの奢りだぞ」

左膳は手塚を偲びたくなった。

仁吉は手下二人と顔を見合わせていたが、

「手塚の旦那は……今日はいらっしゃらないんですか」

と、長身の首を伸ばして左膳の背後を見やった。見上げるような仁吉に、

「まあ、座らんか」

左膳は仁吉たちを座らせ、主に酒と肴を適当に、と頼んだ。手下が五合徳利と湯呑を貰い、左膳に酌をした。

みな、湯呑に酒を注いだところで、

「手塚八兵衛だがな……死んだ」

感情を押し殺し、左膳は告げた。

「死んだっていいますと」

仁吉はきょとんとなった。他の二人も首を傾げた。

「殺されたのだ」

静かに左膳は手塚が死んだことを繰り返した。左膳の表情と言葉の意味が咀嚼され、

「本当ですか……一体、誰に……ああ、そうか。辻斬りを繰り返す旗本、大柳玄蕃にやられたんですか。大柳の野郎、許せねえ！」

仁吉は怒りを募らせた。

「違う。おそらくは、大柳玄蕃の弟、奥州浪人本田勘解由の仕業だ」

左膳は言った。

仁吉たちは大柳の弟と言われても戸惑うばかりで、首を捻ってお互いの顔を見合わせた。

そんな仁吉たちに、

「まずは、手塚の冥福を祈るぞ」

左膳は静かに湯呑の酒を飲んだ。仁吉たちも神妙な顔で飲む。

「手塚、随分と癖のある男だったが、八丁堀同心としては優秀であったのだろう」

左膳は手塚の思い出話を聞きたい、と仁吉に言った。

「手塚の旦那は、そりゃ口が悪くて随分とたかられましたがね、それでも、弱い者の味方になってくれましたよ」

神田界隈の夜鷹を守ってくれたそうだ。

「もっとも、夜鷹の上前を撥ねてはいましたがね。それでも、三年前、辻斬りが出没した時、夜回りをして辻斬りから守ってくださいました。もっとも、それで右腕をなくす羽目になったんですがね」

しんみりとなって仁吉は手塚の思い出を語った。

「手塚は大柳玄蕃をお縄にしようと執念を燃やしておったな」

左膳が確かめると、

「ええ、それはもう。ここで飲んでいらっしゃる時もよく口にしておられましたよ。大柳の尻尾を摑んでやるってね」

仁吉の言葉に手下もうなずく。

「それが、辻斬りは大柳ではなかったようだ」

「先ほど、大柳さまの弟に斬られたっておっしゃいましたよね。じゃあ、本当の辻斬りは本田って浪人なんですか」

「どうやらな……」

左膳はこくりとうなずいた。

「来栖の旦那、手塚の旦那の仇を取ってくださいよ」

仁吉は頭を下げた。他の二人も、「お願いします」としんみりとした顔で頼んだ。

「わしもそのつもりだ。手塚ばかりではなく、本田勘解由の刀の錆となった者たちのためにもな」
　左膳は決意を示した。
　仁吉は、「お願いします」と何度も頭を下げた。二人の手下も米搗き飛蝗のように
お辞儀を繰り返した。
「ところで、手塚が今回の辻斬り騒動について何か語っていなかったか。大柳の仕業
だと手塚は信じていたようだが」
　左膳は問いかけた。
「言いましたように、大柳さまをお縄にするんだって、そんなことを繰り返していま
したよ。で、お縄にするには現場を押さえなきゃいけねえってんで、それでご存じの
ように、あっしらが来栖の旦那の腕前を試させられたんですよ」
　仁吉の話に、
「それは承知しておるが、何か言っておらなかったか」
　左膳は問いを重ねたが仁吉も手下も首を捻るばかりだった。
　すると、無愛想な主が肴を持って来た。
　鰆の味噌焼であった。
「こりゃ、手塚の旦那の好物ですぜ」

　仁吉はしんみりとなった。

「手塚に代わって味わおう」

　左膳はもう一度両手を合わせた。

　主が、

「夢想庵（むそうあん）」

　と、呟くように言った。

　左膳は主を見返し、それは何だと問い直した。主に代わって仁吉が、

「夢想庵ってのは神田司町にある荒れ寺、法生寺（ほうしょうじ）の境内（けいだい）にある庵ですよ。荒れ寺ですからね、さびれ果てていますんでね、あんまり寄りつく者はいませんや。賭場が開帳されてることもあるんですが、それも、大した客が集まらないんですよ。で、放ったらかしになっているってわけでして」

　思い出した。

　一日の夜、手塚の案内で大柳屋敷に向かう途中に見かけた。盛りのついた猫の鳴き声がうるさかった。あの時、手塚は庵のことを、「乙（おつ）な」と言った。荒れ果てた野原に建つ小屋同然の庵が乙だと表現したのは手塚の皮肉だと思ったが、夢想庵などという乙な名前がついているとは意外だ。

「その夢想庵がどうしたのだ」

左膳は気になり主に問いかけた。

主は無表情のまま、

「手塚さん、夢想庵によく行っていたんだ」

と、ぼやくように答えた。

「どんな用事があったんだろうな」

左膳は問いを重ねる。

「何か引っかかるって、口にしていましたよ」

それだけ言うと主は調理場に戻った。

引っかかるというのは探索を行っている、ということだろう。手塚が熱心に探索を行ったといえば大柳玄蕃探索に決まっている。

「夢想庵か」

左膳も調べてみようかと思った。

店を後にして左膳はその足で夢想庵へとやって来た。

なるほど、手塚や仁吉が言っていたように、うらぶれた寺の境内にあるみすぼらしい庵である。庭とは呼べない荒れ野にぽつんと建つ小屋のような建物だ。板壁には穴が開き、屋根には瓦がなく、濡れ縁は虫が食っていた。

今夜は猫の鳴き声が聞こえないだけましであった。

目的もなくわざわざ手塚が何度も足を運ぶような場所とは思えない。夜更けということなのか、人の気配がまるでなかった。草はぼうぼうと生(お)い茂り、人の生活とはまるで無縁の場所だった。

戸口に立ち、

「御免」

と、叩いてみた。

しかし、中から返事はない。左膳は戸を開け、中に足を踏み入れた。暗闇の中、たたずんでいると夜目が慣れてきた。

薄っすらと浮かび上がる庵内は小上がりに板敷が広がり、囲炉裏(いろり)が切ってある何処にでもあるような庵であった。

やはり、人は暮らしていないようだ。

「いや……」

囲炉裏を使った跡がある。

薪(まき)がくべてあった。

少なくとも最近も何者かが訪れたようだ。荒れ寺の無人の庵に何か秘密が隠されているのだろうか。

左膳はしばしたたずんだ。

隙間風が吹き込み、破れ障子を揺らすだけであった。

「手塚、おまえは一体、何しにここにやって来たのだ」

しかも、左膳には一言も話していない。

大柳玄蕃や辻斬りとは無関係なのか。しかし、こんな庵、楽しみでやって来るとことではない。

首を捻りながら庵を出た。

すると、雑草を蹴立てて黒い影が入って来た。

みな、侍である。月代(さかやき)は剃(そ)っていないことを見ると浪人だ。

「そなたら、何者だ」

左膳は問いかけた。

相手は返事をしない。

「名乗ることもできぬか。ならば、こちらから名乗る。わしは来栖左膳、傘張り浪人である」

左膳が名乗っても相手は押し黙っている。

「そなたら、鈴鹿家の旧臣、すなわち天罰党の面々であるな」

見当をつけ、左膳は語りかけた。

それでも無言である。

「おいおい、おまえらは案山子か。それとも人形か。なんとか申せ」

左膳は嘲笑(ちょうしょう)を放った。

答えが返される前に敵は抜刀した。

「問答無用か。よし、いいだろう」

左膳も応じるように抜刀した。

二人が斬り込んで来た。

左膳はさっと後退し、大刀を下段から斬り上げた。刃がぶつかり合い、敵の息が荒くなった。

左膳は素早く敵の人数を数えた。

六人である。

背後に回られぬよう目配りをしながら後退し、庵の戸口を背にした。こうすれば、後ろに回られることはない。

敵はじりじりと間合いを詰めてきた。

斬り込んで来る敵に、来栖天心流剛直一本突きを見舞ってやろうと、左膳は腰を落とし、突きの構えをした。

が、敵は突如として刀を鞘に納めると風のように走り去った。

戦闘意欲が高まっていただけに左膳は拍子抜けした。

三

明くる朝、大きな不安に駆られながら左膳は淳之介と共に大柳屋敷を訪れた。久しぶりの晴天である。春光(しゅんこう)が降り注ぎ、青空に舞う雲雀の囀(さえず)りが心地よい。

しかし、左膳と淳之介に春めいた朝を楽しむ余裕はない。

大柳屋敷の長屋門は固く閉ざされていた。

何やら不穏な空気が漂っていた。

淳之介が番士に大柳玄蕃への取次を頼んだ。番士は顔を見合わせて答え辛そうにしている。

「約束を頂いておるのだ。頼む。小出淳之介が来たと伝えて欲しい。昨夜のこと……辻番所のことをお話し致したい」

淳之介は重ねて頼んだ。

番士が申し訳なさそうにどなたも屋敷に入れるな、と奥方さまから命じられている、と告げた。

左膳は苛立ち(いらだ)を示すように顔をしかめ、

「こちらが押しかけておるのではない。大柳殿からお誘いを頂いたのだ。面談をさせないのは大柳殿への背信であるぞ」

敢えて脅しめいた言葉を使って頼み込んだ。

それでも、番士たちは奥方からよほど厳しく命じられているのか困った顔をするばかりで要領を得ない。

これ以上の押し問答は番士たちを困らせるだけで、大柳との面談は叶いそうもない。

左膳と淳之介は一旦大柳屋敷を後にした。

「一体、どうしたのでしょう」

不満と不安さを入り混じらせながら淳之介は左膳に問いかけた。

「異変が起きたのは間違いないな」

左膳は大柳屋敷を振り返った。

直参旗本の威厳を漂わせる長屋門と高い練塀は外部の者の穿鑿を拒んでいるようだ。練塀越しに見える松の緑の鮮やかさが場違いなものに見えた。

「まさか、本田勘解由と天罰党に殺されたのでしょうか」

視線を彷徨わせ、淳之介は大柳玄蕃の身を案じた。

「天罰党か……」

左膳は昨晩、夢想庵で素性不明の浪人集団に襲撃されたことを話した。

「やはり、天罰党と本田勘解由は我らを狙っているのですよ」

淳之介は声を上ずらせた。

「それより、俳諧の集まりについて姉上に確かめてくれましたかな」

左膳の問いかけに、

「それが、姉もよくわからない、と申しております。父は何処で句会があるのかを報せずに出かけていたそうなのです。ただ、句会に行く時は、それはもう楽しそうにしていたのだとか」

「そんなにも楽しいものかのう」

俳諧を嗜まない左膳には理解できない。

「父がいそいそと出かけていったそうですから、好きな者には楽しくて仕方がないのではないでしょうか」

淳之介は言った。

「何か手がかりはないものか」

左膳が問いかけると、

「そうですな」

淳之介は考え込んだ。

「夢想庵……について何か話題にはならなかったかな」

左膳は夢想庵を話題にした。

「夢想庵というと、来栖殿が天罰党らしき浪人者に襲われた庵ですな」

「そうだ。天罰党の頭目である本田勘解由は公儀の役人とは別に三人を斬った。まじないめいた亡骸への施しは芭蕉の句の見立てだとわかった。四人は同じ俳諧仲間という繋がりがあったのだ。その句会を催していたのは何処か、ひょっとして夢想庵であったのか……決めつけられぬが、やはり夢想庵は気がかりだな」

左膳の考えに、

「夢想庵ですか。では、そこに連れて行ってください」

淳之介を危険な目に遭わせるわけにはいかない、と躊躇ったが、

「まあ、朝っぱらから天罰党に襲われることもないですな」

左膳は承知した。

「むしろ、襲ってくるのを望みます。天罰党の奴らの巣窟とわかれば、探す手間が省けるというものです」

淳之介は意気込んだ。


左膳は淳之介を伴い夢想庵にやって来た。

草木が生い茂る庵の中へと足を踏み入れた。すると、

「ここは……」

淳之介は周囲を見回した。

「いかがされましたかな」

左膳が問いかける。

「見覚えがあるのです」

淳之介は左膳に向いた。

「と言うと……」

左膳は首を捻った。

「ええっと……」

淳之介は両目を閉じた。記憶の糸を手繰(たぐ)り寄せているかのようである。やがてはっとしたように両目を開けた。

「父に連れて来られました、ここは父の稽古所でした。もちろん、以前はこんな草ぼうぼうではありませんでした。ちゃんと草刈りは行われておりましたし、庵も荒れるに任せたりはせず、時に修繕もなされていたのです」

思い出したようで淳之介の口調は明瞭になった。

「稽古所というと」

左膳は問いを重ねる。

小出龍之介は剣の稽古をする際、自邸でも行った。大勢の弟子が訪ねて来ては、稽古を指南した。三春藩邸からも個別に小出を訪ねる熱心な者も数多いた。

「それでだと思います。父は一人となり、自分の技量を磨くための場としてここに通っておったのです」

小出はここで剣の稽古をするばかりか、静かに書見をしていたそうだ。

「それに加えて俳諧を行っていたのだと思います」

　ある日、淳之介は弁当を届けに来たそうだ。姉の寿美代からは父上の稽古の邪魔をしてはならない、弁当を届けたらすぐに帰るよう言いつけられた。

「それで、庵の端に弁当を置いて帰ろうと思ったのです」

　父がさぞかし熱心に稽古をしていると思った。

「すると、父は濡れ縁に腰を下ろし、何事か呟いておりました」

　興味をそそられ、父の側に行った。小出は短冊と筆を持ち、俳諧を詠んでいたのだそうだ。

「俳諧とは存じませんでしたが、父から五、七、五の言葉遣いで風物を詠むのだ、と教わりました」

　小出は夢想庵で剣の稽古の傍ら、俳諧を詠むのを楽しみにしていたようだ。

「すると、ここで句会を催したかもしれませぬな」

　左膳の問いかけに、

「しかとはわかりませぬが、そうだったのかもしれませぬ」

　淳之介は感慨深そうに庵を見回した。

「すると、やはり、ここが俳諧の集まり場だったのだな。すると、夢想庵の句会と天罰党の関わりが気になるところだ」

左膳の言葉に淳之介も賛同した。

「考えられるのはお父上が剣術指南をしていた者の中に俳諧仲間がいた、ということではないか」

「そうかもしれませぬ」

淳之介は言った。

「誰か思い浮かびませぬか」

左膳は訊いた。

「さて、すぐには……」

淳之介は思案を巡らせた。

しかし、

「ああ、そう言えば」

淳之介は俳諧を詠んでいる小出を見て以来、たびたび弁当を届けるようになった。

そんなある日、鈴鹿家の家臣を見かけたそうだ。

「その方は屋敷にも出入りし、剣の稽古もしておりました」

「なんという者であった」

「さて……」

淳之介は唸っていたが、とうとう思い出せないと首を左右に振った。

「寿美代殿に確かめてはいかがな」

左膳の助言に、

「姉上を煩わせてばかりで申し訳ないですが、やむを得ません」

淳之介は自分に言い聞かせるように言った。


左膳は淳之介と共に小出屋敷にやって来た。

客間に通され、淳之介と共に寿美代がやって来た。

「話は淳之介から聞きました。父の俳諧仲間ですね」

寿美代は小出が俳諧を嗜んでいたことを知っていたようだ。

「最も熱心であったのは、鈴鹿一之進さまです」

寿美代は言った。

思いもかけず鈴鹿一之進の名前を聞いた。

「鈴鹿一之進さまというと鈴鹿家と所縁のお方、分家に養子入りなさったのですな」

「藩主鈴鹿壱岐守さまと側室さまとの間にお生まれになりました」

「そのような御落胤がおられたのなら、その方を世継ぎとすればよかったではありませぬか」

気にかかっていた事情を左膳は確かめた。

「その辺の事情はよくはわかりませんが、ひとつ考えられるのは一之進さまが旗本鈴鹿家に養子入りして、本家には戻れなかったのだと思います」

一之進は妾腹であった。

長男ではあったが嫡男にはなれなかった。嫡男亀之助は正室の子供である。亀之助は一之進が養子に出てから病死してしまった。

「不運な家ということか」

左膳は呟いた。

「しかし、一之進殿は武芸熱心でした。さすがに鈴鹿藩邸での稽古は遠慮なさり、当家で父に剣術を学んでおられたのです」

寿美代は言った。

「なるほど」

左膳は唸った。

「一之進さまは俳諧も父に学んだということなのですね」

淳之介が確かめると、

「そうだと思います」

寿美代はうなずいた。

四

「一之進さまは何処におられるのですか」

左膳は問いかけた。

「湯島天神（ゆしまてんじん）近くの御屋敷です。父は御屋敷ではなく夢想庵で会っていたかもしれませんね」

寿美代の推測に続き、

「俳句を詠んでいたのかもしれません」

淳之介は言い添えた。

「ともかく、夢想庵ですな。それと、一之進さまとの関わり、ということになりましょうか」

課題を持って左膳は小出屋敷を後にした。

数日が過ぎた。

左膳の下(もと)を鶴岡藩大峰家家臣、川上庄右衛門が訪れた。左膳が江戸家老であった頃、特に懇意にしていた家臣で、今でも左膳を頼って厄介事(やっかいごと)を持ち込んでくる。

庄右衛門は血相を変えていた。御家老と呼びかける声も震えている。もう、家老ではない、と左膳がいくらたしなめても庄右衛門はこの呼びかけをやめようとしない。

「どうした」

落ち着けと目で促しながらも左膳は傘張りの手を止(と)めない。

「御家老、大殿が……白雲斎さまが……」

声を上(うわ)ずらせて語る庄右衛門の態度と話されるであろう白雲斎の危機に、さすがに左膳は刷毛を置き、

「白雲斎さまの身に何かあったのか」

脳裏には天罰党が過(よぎ)った。

天罰党は鈴鹿家改易に関わった幕閣の責任者たる白雲斎こと元老中、大峰宗長に狙いをつけていたのだ。

「昨日、お駕籠で移動中を襲われました」

庄右衛門は言った。

「それで」

どうなったのだ、と左膳は先を促す。

「幸い、お命に別状はございませんでした」

庄右衛門の報告に、

「なんだ……脅かすな」

大袈裟だと呆れたように左膳は返した。

「ですが、由々しき事態ですぞ」

「それはそうだが、で、襲ってきたのは」

「天罰党を称しておりました」

庄右衛門の答えに、

「やはり、か」

いよいよ、天罰党は動き出したのだ。

「すぐにも、白雲斎さまの見舞いをお願い致します」

「迷惑でなければよいがな」

左膳は遠慮しようと思ったが、

「白雲斎さまが御家老に会いたがっておられます」

庄右衛門に急き立てられるようにして腰を上げようとしたが、

「今日中に傘を二十本、鈿女屋に届けねばならぬのだ」

左膳は傘張りに戻った。

「御家老、傘どころではござりませんぞ」

当然のように庄右衛門は言ったが、

「無礼者！」

左膳は一喝した。庄右衛門はしまった、というように顔をしかめ両手をついた。

「傘張りはわしの生業である。生業を疎んじるのはわしを嘲るものと思え！」

左膳は声を荒らげた。

「畏れ入りましてござります」

すっかり恐縮の体となった庄右衛門に、

「これから白雲斎さまを見舞う。そなた、わしの代わりに傘を張れ」

左膳が命じると、

「ええっ、しかし、それがしは不器用ですので」

「大丈夫だ。今回はそれほどの値の張る傘ではない。長助と共に傘を張れ」

言いつけるや左膳は身支度をした。

根津権現裏手にある鶴岡藩大峰家の中屋敷にやって来た。

藩邸を訪れるとあって、普段着というわけにはいかず、糊の利いた紺地無紋の小袖に仙台平（せんだいひら）の袴、黒紋付を重ねている。陽光を受け白足袋（しろたび）が眩しいくらいの輝きを放っていた。

一万坪を超える広大な敷地に手入れの行き届いた庭、檜造りの御殿の他、畑が備えられ、近在の農民が季節ごとの青物を栽培している。

白雲斎は御殿の寝間にいた。

白雲斎は白絹の寝間着を着ていたが布団には入らず、泰然自若（たいぜんじじゃく）として書見をしていた。

「白雲斎さま、起きておられて大丈夫なのですか」

大袈裟な様子で左膳は白雲斎の身を案じた。

「ふん、わかっておるくせに」

白雲斎は苦笑した。

左膳も笑顔を引っ込め、

「天罰党に襲われた、とか」

と、心配をしたが、

「そうであったな……」

白雲斎は他人事のようだ。

「間違いないのでしょうか。天罰党を騙(かた)っておる、という可能性はないのでしょうか」

左膳の問いかけに白雲斎はゆっくりと首を左右に振った。

「中に鈴鹿一之進が加わっておった」

「鈴鹿一之進、先代藩主秋友さまが側室に産ませ、分家である旗本家に養子入りしたのでしたな。その一之進殿が天罰党に加わっておるのですか」

左膳が確かめると、

「いかにも」

白雲斎は肯定してから、

「天罰党が今回の騒ぎを起こす前、鈴鹿家の旧臣たちは一之進を担いで御家再興を願っておった」

小春で左膳にそのことを話してから、白雲斎は幕閣に問い合わせたのだそうだ。天罰党を中心とする鈴鹿家の旧臣たちは運動資金を幕閣に配った。

「ひょっとして、天罰党の生贄（いけにえ）となったお三方に渡していたのですか」

「三人を通じて、幕閣にも流そうとしたらしい。しかし、御家再興の願いは聞き届けられることはなかった」

白雲斎は言った。

「それで、お三方を斬ったのですな」

左膳は納得した。

「おそらくはな」

白雲斎はうなずく。

「白雲斎さまを襲ったのはいかなるわけでしょう」

「わしが憎いのであろう。鈴鹿家改易の沙汰を下した老中であるからな」

白雲斎は言ったが、浮かない顔である。

「いかにされましたか」

気になり、左膳が問いかけると、

「天罰党、襲ってはきたがわしの命を奪う気力に欠けておったような……」

白雲斎は首を傾げた。

「それはいかなることですか」

「場当たりのような襲撃でな、白刃を向けてはきたが、あっさりと引き上げてしまいおった。まるで、気合いが入っておらなかった。こんなことをわしが申すのも妙なものであるがな」

白雲斎は笑った。

「まったく、おかしなものですな」

左膳も首を傾げた。

すると、白雲斎は真顔になり、

「大柳玄蕃、急な病で死んだそうだぞ」

と、声を潜めた。

「なんと……」

さすがに左膳は驚き、口が半開きになった。淳之介と大柳屋敷を訪れた際、門を閉ざし面会をしようとしなかったのは大柳が死んでいたからだ。

「病死ですか」

左膳は苦笑した。

「急なる病と公儀には届け出があったそうじゃ」

白雲斎は言った。

左膳は淳之介と共に大柳の案内で本田勘解由と天罰党の討伐に向かう予定であったことを話した。

「やはり、病による死、というのは怪しいのう」

「天罰党にやられた、とみるべきでしょう」

左膳は言った。

「大柳は相当に腕が立った。その大柳がやられた、というのは本田勘解由の腕が相当であることが想像されるが、果たして実の兄を斬れるものか」

白雲斎は疑問を呈した。

「いかにも、違和感がありますな。それに、白雲斎さまを襲った天罰党と同じ者たちとは思えませぬ」

「まさしくな」

白雲斎も同意した。

「どうも、奇妙なことが多すぎますな」

左膳は辻斬り騒動について振り返った。

「なるほど、松尾芭蕉の俳諧に見立てるか。殺しに風情を持たせたとて、どうにもならんがな」

白雲斎は苦笑した。

「まったくです」

左膳は本田勘解由の気心が知れぬ、とぼやいた。

「どうも、妙じゃ」

この言葉を白雲斎は繰り返す。

「ともかく、少ない手がかりから天罰党を追いつめます」

左膳は決意を示した。

「頼む」

白雲斎は言った。

「承知しました」

左膳は頭を下げた。

五

大峰家の中屋敷を辞してから、左膳は兵部の道場を覗いた。

兵部は門人たちの指導に当たっている。淳之介の姿はない。

門人たちに自主稽古をさせ、兵部は左膳と共に控えの間に入った。

「夢想庵、天罰党の巣窟なのですか」

兵部の問いかけに、

「巣窟とまで言えるかどうかはわからない。しかし、集まりはしているだろう」

左膳は答えた。

次いで、

「大柳玄蕃殿が亡くなられた。急な病ということだ」

「そんな馬鹿な」

頭から兵部は否定した。

「まさしく、そんな馬鹿な、だ。天罰党、いよいよ役目の仕上げにかかっておる」

「天罰党の仕上げとは何です」

「おそらくは、鈴鹿家の再興……」

左膳は言葉を止めた。

「どうして、そんなことができるのです。公儀の役人を殺しているのに……」

兵部は顔をしかめた。

「ところが、天罰党の評判は高まっている。殺された三人は鈴鹿家改易を企んだ悪党という扱いだ」

「それで鈴鹿家再興の気運を高めておるということか」

兵部は考え込んだ。

「そういうことだ」

左膳はうなずく。

逆らうように兵部は、

「幕閣はそれほど馬鹿ではありますまい」

と、吐き捨てるように言った。

「馬鹿ではないから危ないのだ」

左膳は宥めるように返した。

「どういうことです」

理解できないというように兵部は眉根を寄せた。

「旧三春藩の代官にすることで落着(らくちゃく)をはかろうという声があるそうだ」

「ふ〜ん、世の中、読売の勝手な記事に惑(まど)わされる者が多いのはわかるが、公儀までそれに左右されるとは情けないですな」

兵部は嘆いた。

そこへ、淳之介がやって来た。

「遅いぞ」

天罰党への不満を兵部は淳之介にぶつけた。

「申し訳ございません」

淳之介は遅刻を詫びてから左膳がいることに気づき、

「来栖殿、大柳玄蕃殿が……」

と、大柳の病死を茫然とした表情で口に出した。兵部も複雑な顔つきとなり、座るよう促す。

淳之介は頽れるにようにして腰を落ち着けた。

「わしもいささか驚いておるのだ」

左膳の言葉に、

「まことに病死でしょうか。わたしには本田勘解由と天罰党に殺されたとしか思えませぬ。来栖殿と一緒に辻番所に乗り込んだ夜、大柳殿は単身で天罰党の巣窟に乗り込んだのでしょう」

淳之介は推測した。

「そうに決まっているさ」

兵部は決めつけた。

淳之介は答えを求めるように視線を左膳に向けた。

「確かにそう思われる。しかし、それなら、辻番所で大柳殿も手塚たちと共と斬られていたのではないか……」

左膳は疑問を呈した。

「親父殿、こうも考えられるぞ。大柳殿は辻番所を訪れて手塚たちがやられているのを見て、天罰党の巣窟、おそらくは夢想庵に向かったのだ」

兵部が答えると淳之介も賛同するようにうなずいた。

「それなら、わしと淳之介殿を待てばよかったではないか。約束の刻限にわしも淳之介殿も遅れはしなかったのだ」

左膳は反論した。

「それくらい気持ちが逸(はや)ったのでしょう」

兵部はこともなげに言った。

「大柳殿は冷静さを失わないお方だ。こういう時にこそ、落ち着き払うのが手練れの剣客というものだ。おまえとは違う」

勢い余って左膳は兵部を揶揄(やゆ)してしまった。

「そりゃ悪かったな。親父殿はきついことを申されるものだ。確かに、親父殿と淳之介殿を待つのが順当なところだな」

兵部も認めた。

「それなのに一人で巣窟に乗り込んだ。それには大きなわけがあったと考えるべきだな」

左膳の考えを受け、兵部も思案を巡らし始めた。

「一体、何があったのでしょう」

淳之介はそわそわとし始めた。

「わからんから、気持ちのもやもやが晴れぬ」

左膳は苦笑した。

「こうなると、大柳玄蕃が本当に死んだのかどうかも怪しいぞ……いや、それはないか。死んだら大柳家が危ういものな」

兵部から指摘を受け、左膳は考え込んでいたが、

「おまえ、偶(たま)には良いことを言うな。大柳は生きておるかもしれんぞ」

左膳は言った。

「偶にはは余計ですぞ。しかし、親父殿、真面目にそんな絵空事をお考えなのか」

兵部は目をむいた。

「おお、考えておるぞ。大柳殿は申しておったそうだ。旗本を早々に隠居し、剣の道を進みたい、と」

左膳が言うと、

「だからと言って死んだことにして、御家を飛び出すものか。飛び出してどうするのだ。天罰党に加わるのか」

兵部は反論した。

「その可能性もあるな。弟、本田勘解由に共鳴したのかもしれぬ。大柳殿は一のつく日に勘解由の訪問を受けていた。二人は剣を求道する兄弟だ。様々な話をするうちに、大柳が身分を捨て天罰党に加わったとしてもおかしくないと思うがな」

「天罰党に加わったとしても大柳玄蕃だとわかってしまうぞ。そうなれば、元も子もない。そうじゃないか」

兵部の言う通りである。

「行ってみましょう」

淳之介は大柳屋敷を訪問すべきだ、と主張した。

「だが、前回同様、入れてくれるかどうか」

左膳が言うと、

「構いませぬ。どうしても、弔問をしたいのだという者を拒むことはないと思います」

淳之介は言った。

「確かに弔問客を拒むことはあるまい。だが、それでは、表面的な訪問となり、事の真実はわからず仕舞いとなる」

左膳は慎重な姿勢である。

「ですが、このままじっとしてはおれません」

淳之介は焦りを募らせた。

「気持ちはわかるぞ」

兵部は責めるような目で左膳を見た。左膳とてもどうすればいいのかわからない。

「親父殿……」

兵部は言った。

「うるさい奴だな」

左膳は鼻白んだ。

兵部は不満そうに唸った。

「うるさいぞ、おれは。それがおれの信条だ」

左膳は塾考の後に、

「よし、夢想庵に泊まり込む」

と、言った。

「夢想庵に泊まり込んでどうするのだ。天罰党は夢想庵が目をつけられたと思って警戒しておるのではないか」

またも兵部は逆らうような物言いをした。

「警戒しても、どうしても夢想庵に来なくてはならない状態を作ればよいのだ」

兵部を見返し、左膳は説明を加えた。

「それは、面白いが、どうするのですかな」

兵部は首を捻った。

「奴らが一番望むものを用意する。それは、鈴鹿家再興の証文である」

左膳は言った。

「そりゃ、食いつきがいいが、いかにしてそれを天罰党に知らしめるのだ。夢想庵の門口に高札でも立てるか」

兵部は笑った。

ところが左膳は大真面目な顔で、

「それも一興だな」

と、返した。

「おいおい、親父殿、いくら何でもまずいのではないか」

「兵部らしからぬまともなことを言うではないか」

「おれは根が真面目だからな」

兵部は言った。

左膳は淳之介を見た。

「証文を餌におびき寄せる策はやる価値があると思います。手法はともかく」

淳之介も消極的ではあるが賛同した。

「傘張りはどうするのだ」

兵部が案ずると、

「決まっておる。夢想庵でやるさ。そうだ、俳諧もやるか」

左膳は笑い声を上げた。

「親父殿、俳諧なんぞできるのか」

からかうように兵部も笑った。

「やってやれんことはなかろう。駄句ばかりでも、詠んでいるうちに楽しくなる、と次郎右衛門も申しておったぞ」

左膳が言うと、

「わたしも夢想庵に」

淳之介は兵部を見た。稽古を休む了解を求めているようだ。

「この一件が落着せぬうちは稽古に身が入るまい」

兵部も許した。

第五章　夢の跡

一

十日の朝、左膳は白雲斎から呼ばれ、根津権現裏にある大峰家中屋敷にやって来た。

奥御殿の寝間には白雲斎の見舞いに羽織袴の正装で若年寄北川大和守和重がいた。

左膳は黙礼をした。

「いやいや、白雲斎さまがお元気でほっと安堵致しましたぞ」

北川は笑みを送った。

「大袈裟（おおげさ）なことが流れておるのではないか。わしが重傷で死にかけているとな……いや、もう死んだことになっておるのではないか」

白雲斎は苦笑を返した。

「とんでもございません。白雲斎さまは不死身でいらっしゃいますからな」

世辞とも冗談ともつかない物言いをしたのち、北川は表情を引き締めた。

その物腰からは不穏な空気が漂っている。

白雲斎は気づいているだろうが、わざと惚けたような表情となって北川の話を待った。

「先日、お話を致しました鈴鹿一之進を旧三春藩の代官に任ずる一件でござりますが」

北川はおずおずと切り出した。

「ああ、そのことか」

白雲斎は顎を掻いた。

北川は左膳をちらっと見た。左膳が同席することを懸念しているようだ。しかし、小春でもそうだったが白雲斎は左膳の同席を認めていたため、北川は不満を口にすることなく、

「いかがでござりましょう」

と、曖昧な問い合わせをした。

「いかがと言われても、以前にも申したがわしは隠居の身じゃ。政への口出しはでき

ぬぞ」

「ごもっともです」

北川はうなずいた。

「ならば、話はすんだぞ」

白雲斎は話を切り上げようとしたが、

「それが……」

言い辛そうに北川はうつむいた。

「どうした、何もないのなら帰るがよい」

白雲斎は意地悪く言った。

このままでは帰れないようで北川は居住まいを正して白雲斎に向いた。

「畏れ多いことですが、鈴鹿一之進を旧三春藩領の代官に任ずるにあたることをご了承いただきたいのです」

白雲斎はしかめっ面となり、

「じゃから、わしは隠居の身……」

と、うんざり顔で語ろうとしたのを北川は遮(さえぎ)るように膝で前に進んで言った。

「お認め頂きたいのです」

「何をじゃ」

白雲斎の目元が剣呑に彩られた。

「五年前の鈴鹿家改易が間違いであった、ということです」

北川は言った。どうやら、北川の訪問目的は白雲斎に失政を認めさせることのようだ。

「たわけたことを申すな」

白雲斎は顔をどす黒く歪めた。

たじろぐと思いきや北川は表情を変えることなく続けた。

「失政とまではお認めになることはありませぬ。ただ、殺された三人に欺かれた、と
いうことをお認めくだされば、それでよいのです」

けろりとした顔で北川は言い立てた。

「できぬな」

白雲斎はきっぱりと断った。

「白雲斎さまが悪いのではないのです。白雲斎さまも欺かれた被害者なのです」

北川は食い下がった。

「三人の間違いはわしの間違いである。政とは……政を司る立場にある者は下の者に

対して責任を負うものじゃ」

「いかにも白雲斎さまらしいまことにご立派なお考えでござります。しかし、三人の悪意が見破れなかったとしても無理からぬ具合に企みが狡猾であったなら、いかがでしょうか」

北川は言った。

「鈴鹿家は末期養子により公儀を欺いたのであるぞ。そもそも、隠し金山だの埋蔵金などという草双紙もどきの与太話(よたばなし)を真実とするのがおかしいではないか」

白雲斎は理解できない、といったように首を左右に振るばかりである。

「それにつきましては、三人が鈴鹿家から賂(まいない)を受け取った、という鈴鹿家旧臣たちからの証言もございます」

北川も引かない。

「ふん、天罰党の者どもの証言など誰が信用するものか」

いい加減にしろ、と白雲斎は吐き捨てるように言い返した。

「天罰党ではなく鈴鹿一之進が申しております」

「一之進は天罰党に担がれておるのだろう」

「天罰党ではなく、あくまで鈴鹿家の旧臣たちの希望であります」

大真面目な顔で北川は言った。

「何が希望じゃ」

白雲斎は失笑を漏らした。

「三人は公儀の要職にありました。そのような要職にある者たちは鈴鹿家の旧臣、いわば、一介の浪人による御家再興の嘆願などまともに取り合ってくれませぬ。そこで鈴鹿一之進が嘆願を行いました。行うに際して一之進は旧臣どもが再興に向けて蓄えておった金子を贈ったのです」

北川の主張を、

「一之進の一方的な言い分ではないのか」

白雲斎は疑った。

力強く北川は言い張った。

「そうではないと存じます」

「何故じゃ」

「書付が残っております」

北川が言うには、関東郡代大森弥之助、勘定奉行三森伊勢守、長崎奉行太田修理亮、三人が賂を受け取ったことを示す証文があるのだそうだ。

「三人の爪印もございます」

北川は言い添えた。

白雲斎は押し黙った。

ここで左膳が、「失礼ながら」と割り込んだ。北川は不快がることなく左膳に向いた。

左膳は一礼してから、

「仮りにそのような証文があったとしましても、それは再興運動に対する賂を受け取ったに過ぎず、五年前の改易の不正を表すものではないと存じます」

と、意見を述べ立てると白雲斎もその通りじゃ、と言葉を添えた。「なるほど」と北川は左膳の言い分を受け入れる素振りを示してから、

「しかし、自分たちが改易に追い込んだ大名家の再興を認める嘆願を受け付けた、しかも賂を受け取った、となると改易に処したことの間違い、後ろめたさを抱いておることになろう」

と、反論を加えた。

「あくまで状況証拠に過ぎませせぬな」

左膳は納得できない、と言い添えた。

「いかにも、評定所での吟味となったら、それだけでは三人が鈴鹿家改易に際して不正を働いた、とはならぬであろう。しかし、世の中というものはそれで充分だ」

北川は言った。

「公儀の政が風説に惑わされてよろしいのでしょうか」

無礼を承知で北川に苦言を呈した。

「民の声を聞くのも政である」

北川はもっともらしい顔で返した。

白雲斎が、

「どんな狙いがあるのじゃ」

と、不意に問いかけた。

「以前も申しましたように旧三春藩領の建て直し、民の非難の声を鎮めるためです」

北川が言った。

「それだけか」

白雲斎は尚も問いを重ねた。

「と、おっしゃいますと」

北川は首を傾げた。

「腹を割れ」

　白雲斎は言う。

　北川は口元を緩め、

「運上金でございます。江戸と上方の商人どもに十万両の運上金を課します。旧三春藩領復興の費用です。その運上金を出させるには、世間の評判というものが必要でございます」

　白雲斎は舌打ちをした。

「要するに、商人どもの機嫌を取る、ということか」

　情けないのう、と白雲斎は嘆いた。

「ですが、公儀の台所を痛めるよりはまし、公儀の腹を痛めることなく、旧三春藩領を建て直し、実り多きを得ることができれば一石二鳥でございます」

　いかにも正論だとばかりに北川は言い立てた。

「楽ばかりしようとしておるのう。公儀の役人は領民と一緒に汗を流し、大地に根を下ろして働くことじゃ。それがわからぬとみえるのう」

　白雲斎は冷笑を放った。

「白雲斎さまの申されること、まことにごもっともでございます」

一応北川は理解を示した。

「頭が古い、と申しておるのだろう」

白雲愛は目を見開いた。

「滅相もございませぬ」

北川は否定した。

左膳が、

「ところで、一之進殿ご本人は代官になることをお望みなのですか。代官となれば、身分上に差し障りがあると存じます」

と、訊いた。

「承知をしておる」

わかり切ったことを申すな、と北川の目は告げている。

「格下の扱いですか」

動ずることなく左膳は確かめた。

二

「特別待遇である。禄高は八千石に加増し、大番頭（おおばんがしら）に任ずる。代官はその加役とするのだ」

北川は言った。

例外的な人事である。

それゆえ、鈴鹿一之進は代官になるのを了承したという。

「そして、代官という名称を鈴鹿一之進に限っては守護職とする。また、従五位下（じゅごいのげ）をくだされるのだ」

従五位下は小大名や徳川家旗本のうち、町奉行、勘定奉行、大目付などの要職にある者が下賜（かし）される。

「実父秋友殿に倣（なら）い、壱岐守を称することになろう」

北川の見通しに、

「そうか……」

白雲斎は苦笑した。

左膳が、

「一之進殿を官位で飾り立て、守護職などという足利の世の大名のように呼ぶとはいかにも公儀のご都合がよいような気がしますな」

と、皮肉った。

「左膳の申す通りじゃ。一之進とて、初めのうちこそ現地に赴くとして、時が経てば江戸におったまま自分の代官を派遣するだろう。戦国の世に守護職にある大名が守護代を任じたようにな」

白雲斎は危惧した。

「いかにもそうなるかもしれませんな」

北川は認めた。

「商人から金を徴収し、鈴鹿家の血筋である鈴鹿一之進を守護に就けたとしても、逃散した領民の代わりとなる働き手が集まらぬことには領内の建て直しはできぬぞ」

尚も白雲斎は危ぶんだ。

「人は集まります」

北川はにんまりと笑った。

「馬鹿に自信があるではないか」

白雲斎は鼻白んだ。

ここで北川は左膳に向き、

「来栖、わかるか。旧三春藩領には人が押し寄せるであろう」

と、挑発するように問いかけた。

左膳は躊躇なく答えた。

「金山ですな」

北川はうなずいたが、

「左膳、そなたまで隠し金山だの埋蔵金だの、そんな絵空事を信じておるのか」

白雲斎はがっかりしたぞ、と、顔をしかめた。

左膳は涼しい顔で、

「わしも絵空事だと思っております」

と、白雲斎の蔑み(さげすみ)を受け入れた。

「ならば、なにゆえ」

白雲斎は首を捻った。

「絵空事でも繰り返し繰り返し語れば、それが人々の頭には真実となって刷り込まれます。旧三春藩領で金山掘りを募集するとしましたら、おびただしい数の者が雪崩(なだれ)を打って集まるでしょう。穴掘りどもに山を掘らせ、土地を開墾させればよい。坑夫どもが集まれば、その者たちを相手とする料理屋、賭場、女郎屋ができますぞ」

旧三春藩領は大きく潤うのではないかと左膳は考えを述べ立てた。

北川はうなずき、

「まさしく、その通りじゃ」

と、認めた。

「なるほど、そういうことか」

白雲斎も受け入れた。

「読売屋にはひょっとして北川さまが隠し金山だの埋蔵金の話を流しておるのではないでしょうかな……町方が五年前は厳しく読売屋を取り締ったのに今回は見過ごしているのは、隠し金山の話を浸透させるためだったのでは……」

左膳が推論すると、

「まあ、それはな……」

北川は言葉をにごした。

「おまえ、策士じゃのう」

白雲斎の皮肉に、

「おほめの言葉と受け止めます」

抜け抜けと北川は言ってから続けた。

「ともかく、実際に適した政を行うのが民のためにもなります」

「しかし、それで、よいのかな。偽の情報を信じて抗夫になる者を集めて、それでよいのか」

白雲斎は納得がいかないように言った。

しかし、北川はそんな言葉に耳を傾けることなく、

「白雲斎さま、何卒、証文をお願い致します」

と、臆面もなく申し出た。

「隠居したわしの証文などあろうとなかろうとよいではないか」

白雲斎は拒絶したが、

「そういうわけには参りませぬ。公儀の政にはやはり、形式を調えないわけには参らぬのです」

あくまでも北川は主張してやまない。

「大袈裟じゃな」

白雲斎は苦笑した。

「お願い致します」

北川は頭を下げた。

「そなた、間違いを犯さぬ男、と上さまの信頼が厚いはずじゃな」

白雲斎に言われ、

「間違いを犯さぬ、神や仏でもあるまいに、そのようなことはない、と思いますが、しかし、間違いを極力なくそうと慎重の上にも慎重を期しております」

謙虚に北川は返答した。

「慎重さに加えて用意周到さ、ということか。北川、そつのないことよ」

「ならば、明日、もう一度参ります。それまでに、よくお考えください」

北川はお辞儀をした。

「何度来ても同じじゃ」

白雲斎は右手をひらひらと振った。

が、それでは懸命に対応している北川に邪険に過ぎると気が差したのか、

「そなた、様々に考えを巡らし、気が休まることがなかろう」

と、同情を示した。

「お気遣いありがとうございます」

北川は笑みを返した。

「休むことも大事じゃぞ」

白雲斎の言葉を受け、

「愚かなる者は思うこと多し、でござります」

自嘲気味の笑みを浮かべ、北川は深々と頭を下げてから座を掃った。

「そつのなさが北川の持ち味と申すか、それゆえ、昇進してきたのじゃ。どうやら、鈴鹿一之進を旧三春藩の守護職に任命することで幕閣の合意を取り付けておるようじゃ。唯一の足枷はわしなのじゃろう」

「邪推すれば、北川さまは鈴鹿一之進さまを守護職に就ける、という公儀の特例を推進する上で五年前の鈴鹿家改易が失政であった、もしくは失政とまでは言えなくとも五年前の沙汰のせいにしようとなさっているのでしょう」

「そうであろうな。抜け目のない男じゃ。『間違いを犯さぬ男』らしいのう……今回の騒動、旧三春藩領の荒れ果てたせいまでをわしに負わせようという魂胆であろうよ」

白雲斎は薄笑いを浮かべた。

「まさしく……間違いを犯さないことを売りにのし上がってきたお方、でござりますな」

左膳も北川の用意周到さを思わずにはいられない。

「慎重はよいが、しくじりも経験しないといつか大きな間違いを犯すことになろう」

淡々と白雲斎は言った。左膳も同じ考えだ。

「ところで、五年前、鈴鹿家には末期養子に関する不正の他、隠し金山があるかもしれない、ということでしたな」

左膳は確かめた。

「いかにも」

「それは何故ですか。単なる風説、噂話であったのでしょうか。読売が勝手に書き立てたのでしょうか。いくら読売でも根も葉もない作り話は書かないと思うのですが……」

「おそらくは、公儀御庭番の動きを受けてのものであろうな。あの頃、奥羽方面に御庭番を派遣しておった。各大名家に不穏な動きが認められれば当然老中にも報告が上がる。御庭番を奥羽に遣わしたのは各大名家の内情を把握することと並んで隠し金山の探索だった。隠し金山などありはしない、というのがわしを含め幕閣の考えであったが、もしもということもあるゆえ、上さまは御庭番には探索をお命じになられた、ということであった。案の定、隠し金山など御庭番からは報告されなかった。しかし、人の口は戸が建てられぬもの、御庭番が隠し金山の探索も行った、ということが探索を行った、ということにすり替わり、江戸市中に漏れたのかもしれぬな」

五年前の記憶が蘇ったのか白雲斎は目を爛々と輝かせながら推論を展開した。

「公儀御庭番を束ねるのは御側御用取次ですな」

左膳に確認され、

「当時の御側御用取次の中には北川和重もおった。そうじゃ、御庭番の差配は北川が行っておった」

白雲斎は両目を大きく見開いた。

「では、上さまに隠し金山探索を上申なさったのは北川さまであられたのかもしれませぬな」

左膳の考えを受け、

「そうかもしれぬ。だとすれば、北川は間違いとまではいかずとも見当外れの上申により、御庭番に余計な仕事をさせたことになる。北川にとっての幸いは三春藩鈴鹿家の家督相続に問題が生じていたことだ。御庭番がそのことを探り当て、探索の土産としたことで見当外れの隠し金山探索の間違いは覆い隠された」

白雲斎は更なる推論を展開した。

左膳は首を傾げた。

それを白雲斎は見て、

「どうした。わしの考えに賛同できぬか。構わぬ、疑念があらば申せ」

と、気になったようで問い質した。

「賛同できぬのではござりませぬ。ただ、北川さまはどうして隠し金山探索など上さまに上申したのでしょう」

左膳の疑問に、

「そうじゃのう……」

白雲斎は思案を巡らせた。あれこれ考えた後に、

「公儀の台所を富ませようとしたのか……」

と、自信なさそうに呟いた。

「お言葉ですが白雲斎さまはおっしゃっておられましたな。大柳玄蕃殿のお父上が勘定奉行として公儀の台所を改善させた、と。改善はしたが、更に豊かにしようと、北川さまはお考えになったのでしょうか」

「そうかもしれぬ。畏れ多いことではあるが、上さまは豪奢（ごうしゃ）なお暮しを好まれる。お

若い頃、将軍後見役であった白河楽翁殿に質素、倹約なお暮しを強いられた反動じゃな」

将軍徳川家斉は数え十五で将軍になった。若さゆえ、白河楽翁こと老中首座松平定信が後見職となった。定信は贅沢華美を戒め、質素倹約を旨とした寛政の改革を推し進めた。家斉にも贅沢を排した質素な暮らしを強いたのである。

定信が幕閣から去り、家斉自身も成長して政にも関与するようになると、暮らしぶりも贅沢華美になっていった。

白雲斎が言ったように定信に締め付けられた反動である。そんな家斉に気に入られるにはより豪奢な暮らしができるよう幕府財政を潤わせるのが近道だ。北川が隠し金山に目をつけたとしても不思議はない。

古来、奥羽は金山の宝庫であった。隠し金山のひとつやふたつあるのではないか、と北川は思ったのか。慎重な北川にしては軽挙な気がする。

とは言え、たとえ隠し金山が見つからなかったとしても失点とはならない。今回は見つからなかったが探索を続けるうちにいつか見つかるかもしれない、と言い逃れはできる。間違いにはされないのだ。

では、北川が隠し金山探索を思い立ったのは奥羽が金山の宝庫だからだけなのだろうか。

「愚かなる者は思う事多し……北川め、へりくだって見せおって。内心では己が才知(さいち)を誇っておるに違いあるまいにのう」

白雲斎は苦々しそうに小さく舌打ちをした。

左膳もうなずき、

「愚かなる者は思う事多し、ですか。まさしく今のわしですな。愚かな者は心配事、悩み事が多いものです。至言(しげん)ですな。小春でも耳にしましたが、聡明(そうめい)な北川さまならではのお言葉……」

と、続けてから脳裏に閃きが起きた。

鈿女屋の主人次郎右衛門から借りた、『風俗文選』、芭蕉や芭蕉門下の俳人たちの文章が掲載されていた。その中に芭蕉の名言として、「おろかなるものはおもふことおおし」とあった。

「いかがした」

白雲斎に語りかけられ左膳は我に返った。

「北川さまは俳諧を嗜みますか」

左膳に問い返され、

「なんじゃ、藪から棒に……」

　白雲斎は戸惑いを示したが左膳の真剣な表情を見て、

「松尾芭蕉が好きのようじゃな。駄句だとわしも見せられたことがある。政の合間の息抜きなのであろう」

　と、答えた。

「北川さまは芭蕉に憧れておられたのでしょう。『おろかなるものはおもうふことおおし』とは芭蕉の言葉です」

　左膳が教えると、

「ほう、そうか……どうりで味わい深い言葉だと思った。愚かなる者、思う事多し、か、なるほどな。うむ、含蓄あるのう」

　噛み締めるように白雲斎は芭蕉の名言を口にした。左膳はそうです、と答えてから、

「直参旗本小出龍之介殿、炭問屋豊年屋与兵衛、医師児島小庵、そして柳橋の芸妓のお富の四人、更には南町奉行所の手塚八兵衛と、神田司町の辻番所の役人たちの亡骸に施された芭蕉の句の見立て、これは北川さまの芭蕉好きを意識してのことではないでしょうか」

　左膳の推論に白雲斎は深々とうなずき、

「そうかもしれぬな。ということは、北川は天罰党と結びついておるということか」

白雲斎の頬は紅潮した。

隠居暮らしの間で遠ざかった政への興味が俄然として沸き上がったようだ。

夢想庵での句会は北川が主催していたのかもしれない。本田勘解由は句会の参加者を殺している。しかも、わざわざ芭蕉の句に見立ててである。

何故、そのようなことをするのか。

天罰党の北川への威嚇（いかく）ではないのか。

天罰党が威嚇するということは、鈴鹿家改易に北川は深く関与していた。

その関与とは公儀御庭番の派遣……。

白雲斎が、

「芭蕉好きの北川はいかに鈴鹿家改易に関与したのであろうな」

「『おくのほそ道』でござります」

左膳が答えると、

「左膳、そなた、いつの間に風流を解（かい）するようになった」

白雲斎は目を丸くした。

「わしは、俳諧は詠みません。俳諧どころか川柳も……白雲斎さまがご存じのように風流とは全く無縁の男でござります。鈿女屋の主人、次郎右衛門が俳諧に凝っておりまして、実を申しますと、四人の見立て句も次郎右衛門が絵解きをしてくれたのです」

頭を掻きながら左膳は打ち明けた。

「そうか、ま、それは置いておくとして、『おくのほそ道』がいかがした」

白雲斎は興味を示した。

「松尾芭蕉には隠密だったという伝説があるのだそうです」

左膳の言葉に白雲斎は一笑に伏そうとしたが左膳が大真面目なことに気づき、

「まさかとは思うが、話としては面白いのう」

と、聞く耳を示した。

「芭蕉は戦国の世に忍びの里であった伊賀の出、奥羽や全国を旅した健脚ぶりにより、そんな戯言（ざれごと）が独り歩きをし、奥羽を旅したのは隠密活動であった、特に仙台藩伊達家中を探索する役目を担っていた、という言い伝えがあるのです。また、伊達家ばかりか、古来より金を産出していた奥羽ならば隠し金山があってもおかしくはない、と金山の探索も担っておった、という噂もあります。いずれも、芭蕉好きにはお馴染みの伝説だとか」

次郎右衛門からの受け売りを左膳は語った。

「芭蕉好きの北川も当然隠密説は存じておろうな。すると、北川はその芭蕉伝説に刺激をされて、御庭番を遣わした、ということか」

それは間違っておる、と白雲斎は評した。

「北川さまらしくはないですな。用意周到、慎重、『間違いを犯さぬ男』という北川大和守が行うことではないと思えます」

左膳も思い付きで述べただけで、実のところは半信半疑だと言い添えた。

左膳の思い付きを否定すると思いきや、白雲斎は意外にも真面目な顔で深掘りをしていった。

「いや、そこが人の面白さかもしれぬな。用意周到な男に限って、ふと無駄を楽しみたくなるものかもしれぬ。年中、神経を研ぎ澄ませ綿密に事を運ぼうとする中、ふと、楽しみが欲しくなる。芭蕉好きにとって『おくのほそ道』の舞台である奥羽は一種の憧れの地であろう。御庭番を派遣するにあたり、芭蕉の伝説を投影させたとしてもおかしくはない。北川としては半ば洒落のつもりで上さまに耳打ちしたのではないか」

白雲斎は言葉を止めた。

視線を虚空に預け、記憶の糸を手繰っているようだ。左膳は黙って白雲斎の言葉を待った。やがて思い出したのか白雲斎は視線を左膳に戻した。

「何か思い当たることが……」

左膳の問いかけに白雲斎は余裕の笑みを浮かべてうなずくとおもむろに語り始めた。

「五年前、鈴鹿家改易に伴い、隠し金山の噂が流布した。読売が好き勝手に書いたのじゃが火のない所に煙は立たぬ、という声が幕閣の間で上がったのじゃ。噂の出所を確かめるべきじゃ、とわしは言ったがやがてうやむやになった。何故かというと、上さまが何気ない様子で、なんじゃ、隠し金山などなかったのか、と漏らされたからじゃ」

ここで一旦、白雲斎は話を止めた。左膳の反応を確かめているようだ。

「それも小春で話題になりましたな。あの時、確か白雲斎さまは、上さまが大奥で読売を御覧になられたのであろう、とおっしゃっておられましたが」

左膳の指摘に、

「わしもずっとそう思っておった。上さまは大奥で読売を入手され、ご一読されて鈴鹿家には隠し金山がある、と真に受けられ、ないとわかって軽くではあるが失望なさった、とばかり思っておった。ところが、隠し金山があるかもしれぬ、という話を上さまは読売ではなくお耳に入れておいでであったのかもしれぬ。その場合、上さまのお耳に入れるのは御側御用取次じゃ。御側御用取次は御庭番を束ね、動かすが上さまのお許しが必要じゃ。奥羽に御庭番を遣わすに当たって北川は隠し金山探索のためです、と上さまに言上したのかもしれぬ」

白雲斎は推論を展開した。

「上さまは隠し金山の存在を信じぬまでも多少の期待はお持ちになったのかもしれませぬな。北川さまは用意周到なお方、隠し金山摘発を御庭番の第一の役目とはせず、あくまで奥羽の情勢を探索するのを主とし、隠し金山はついで、という扱いで御庭番派遣を奏上したのではないでしょうか」

左膳も考えを示した。

「そうであろう。北川の芭蕉への憧れから思い付きで決めた御庭番の奥羽、隠し金山探索、それが思いがけず鈴鹿家の末期養子騒動を摑んだ。金山は見つからなかったが、北川にとっては大きな功となった。以後、上さまの信頼を勝ち取り、若年寄にまで昇進したのじゃ。おそらく北川は若年寄では満足するまい。十代家治公の御代、権勢を振るった田沼意次のように、今後は側用人、老中を目指すじゃろう」

白雲斎は肩をすくめた。

「そんな北川さまにとりましては、鈴鹿家再興は脅威となった……鈴鹿家の旧臣たちは鈴鹿家改易のきっかけとなった御庭番の奥羽探索が北川さまの芭蕉好きからきた気紛れ、と知ってしまった。天罰党に斬殺されたお三方、関東郡代大森弥之助さま、勘定奉行三森元忠さま、長崎奉行太田修理亮さま、天罰党はお三方のうちのどなたかから、北川さまの芭蕉好きと御庭番派遣理由を聞いたのではないでしょうか」

「うむ、大いにあり得る。本田勘解由に斬られた小出龍之介は鈴鹿家の剣法指南役であったのじゃな」

　白雲斎も頭脳が回転し、目が爛々とした輝きを放っている。

「しかも、小出は夢想庵で芭蕉を偲ぶ句会を催し、北川さまも参加しておられた様子、いささか想像を飛躍させますと、天罰党や本田勘解由は北川さまが御庭番を奥羽に向けたことに小出も関わっている、と考えたのかもしれませぬ。夢想庵での句会で『おくのほそ道』を話題にしているうちに隠し金山があったら面白かろうと座興めいた話が出て、それが北川の御庭番派遣に繋がったとしたら、旧臣たちは怒りを覚えたでしょう。俳諧などという趣味のために、鈴鹿家を潰したのか、と怒りに震え、夢想庵の句会に参加していた者たちを芭蕉の句に見立てて殺したのだと思います。そして、それをネタに北川を脅し、御家再興に尽力させた……」

　左膳の考えを、「そうであろうと」白雲斎も肯定した。

白雲斎に賛同され、

「愚かなる者は思う事、多し……愚者のわしも多くを考えれば、奇妙な殺しの絵解きができました。まさしく、含蓄のある芭蕉の言葉でございます」

左膳は自信を深めた。

「北川大和守もふとした気休めが欲しかったということじゃ。それ自体は決して悪いことではない。年中、役目のことで頭が一杯であったなら身がもたぬし、良い仕事はできんものじゃ。余暇や趣味を楽しむのなら、楽しめばよい。役目と切り離して趣味に耽溺すればよいのだ。それを、役目に結び付けてしまうとろくな考えは起きぬ」

達観(たっかん)した様子で白雲斎は語った。

「なるほど、言い得て妙ですな」

左膳もそう思う。

「左膳、俳諧を詠む時は役目のことは忘れるのじゃぞ」

白雲斎に忠告され、

「逆に傘張りの際に俳諧が頭に浮かんでしまうと、しくじりますな」

左膳は笑った。

ひとしきり笑ったところで、

「それにしてもじゃ。北川め」

北川への嫌悪の念が湧いたようで白雲斎は憎々しそうに北川の名を吐き出した。

「北川さま、五年前の汚点を災い転じて福となそうとしておられるのでしょう。鈴鹿一之進殿を奥羽守護職とは奇策もいいところですな」

「そんなことを認めたら、悪しき先例となる」

忌々しそうに白雲斎は拳を握った。

「証文、お書きになったらいかがですか」

不意に左膳は勧めた。

「馬鹿なことを申すな」

目を剝き白雲斎は怒った。

左膳は白雲斎の怒りを受け止めながら穏やかに続けた。

「その証文を使って、北川の悪事を暴き立てるのです。北川を含め、悪党どもを誘ってやります」

最早、左膳は「北川」と呼び捨てにした。白雲斎も違和感を覚えていない。

「と、申すと……」

白雲斎は表情を緩めた。

「鈴鹿一之進殿を奥羽守護職に任ずることを了承した、という白雲斎さまの書付と五年前の鈴鹿家改易は自分の落ち度であった、と添え状をしたためてくださいい。いえ、実際に証文を書くのではなく、空証文で結構でござります。ただ、証文を書いたゆえ、取りに来いという文はしたためてください」

左膳の頼みを、

「よかろう。悪党どもを取り逃がすな」

受け入れると白雲斎の表情が引き締まった。

「お任せください」

左膳は両手をついた。

「相手は天罰党、しかも本田勘解由と大柳玄蕃という手練れが揃っておるのであろう。当家から人数を出そうか……いや、それはよそう」

白雲斎は苦笑を漏らした。

左膳と兵部が去ってからの大峰家で剣の使い手と呼べる家臣などいないことを思い至ったのだろう。

「むしろ、大峰家中の者は関わらないのがよろしいと存じます。後々、厄介なことになるかもしれませぬので」

左膳の気遣いに、

「それもそうじゃな」

白雲斎はため息混じりにうなずいた。


大峰家中屋敷を辞し、左膳は兵部の道場に顔を出した。左膳の緊張を帯びた表情を見て、兵部は淳之介と共に控えの間に入った。

道場ではまたも門人たちが自主稽古を行っている。稽古を重ねた成果で防具姿が様になってきた。竹刀を振るにも腰が据わり、びゅんという心地よい風を斬る音を聞かせている。

「決着をつける」

左膳は兵部と淳之介に告げた。

「おお、やるぞ」

兵部は目に力を込めた。

「いよいよですか」

これで、父の仇を討てると淳之介も意気込みを示した。左膳は白雲斎と行った絵解きをかいつまんで話した。

「なんとまあ、北川という男の軽率な行いが招いた惨劇か」

兵部は呆れたように嘆いた。

「ひどい」

淳之介は父親を殺された悔しさを滲ませた。

「白雲斎さまの証文を餌に北川を夢想庵におびき出す。白雲斎さまに北川への書状をしたためて頂いた。明日の晩、夢想庵に来栖左膳が届ける、という文を出して頂いたのだ」

左膳が言うと、

「北川はやって来るとして、本田勘解由、大柳玄蕃や天罰党も来る保証はないぞ」

兵部が危ぶむと、

「やって来る。天罰党はわしが嗅ぎ回っているのを危ぶみ、襲撃をしてきた。人通りがあったため、わしを仕留めずに退散したが、その後もわしの動きを探っているに違いない。今回は好機と考えるはずだ」

確信に満ちた左膳の言葉に兵部も淳之介も納得した。

更に左膳は続けた。

「淳之介殿、今回は敵がはっきりとしておる。多人数だ。よって、一緒に来られなくとも……」

左膳が淳之介の参加を拒むような言葉を話し終える前に、

「行きます」

強い口調で淳之介は訴えかけた。

「気持ちはわかるが淳之介殿を守れるかどうか……」

正直に左膳は腹の内を打ち明けた。

「おこがましいですが、来栖殿や兵部先生に守って頂こうとは思っておりません。わたしは未熟者ですから、死を賭して剣を振るいたいと思います。それでも、わたしが足手まといになるのをご懸念なさるのでしたら、辞退せねばなりませんが」

淳之介は悲壮な決意を示した。

兵部が、

「そこまで申すのなら、おれは淳之介を拒まぬ。なあ、親父殿、共に戦おうではないか」

と、左膳に賛同を求めた。

「よかろう」

左膳も受け入れた。

「よろしくお願い致します」

淳之介は興奮で声を弾ませた。

「さあ、腕が鳴るぞ」

兵部は武者震いした。

「おい、おまえの楽しみの場ではないぞ」

左膳は諫(いさ)めたが、

「わかっております。まあ、任せてくだされ」

兵部は自信を漲(みなぎ)らせた。

三

明くる日の晩、左膳は夢想庵の囲炉裏端に座り、北川大和守の到着を待った。黒小袖に裁着け袴、脇に大刀を置いている。囲炉裏に薪をくべて火を付け、行灯の灯りも灯(とも)している。

風が強まり、雨も降ってきた。春の嵐の到来に、やって来るのか危ぶまれたが北川は到着した。朽ち果てた山門前に駕籠を待たせ、一人で庵に入って来た。

「北川さま、よくぞおいでくださいました。急いで掃除をしておりますが、むさ苦しい所、何卒ご容赦くださりませ」

左膳は北川に声をかけた。

「それはよい。白雲斎殿の書付、頂戴致そう」

北川は立ったまま言った。

「まあ、お座りください。火を熾しましたので、少しの間、暖を取ってくださりませ」

にこやかに左膳は誘った。北川は憮然としながらも、左膳の斜め横に腰を据えた。

「さて、一句捻りますかな」

左膳は言った。

北川は怪訝な顔を向けてきた。

「ここは夢想庵、芭蕉を偲んで俳諧を詠むのは乙なものですな」

左膳は北川に笑みを送った。

「どういうつもりじゃ」

北川は表情を強張らせた。

「五年前、あなたさまが公儀御庭番を奥羽に送ったのは、ここでの句会で話題になった『おくのほそ道』がきっかけですな」

　左膳が語りかけると、北川の目元が引き攣った。

「思い付きで隠し金山を探せ、と御庭番に命じた……それが思いもかけず鈴鹿家の末期養子の不正摘発に繋がったのですな。あなたさまは大手柄だが、鈴鹿家にしてみたらとんだ災難だった。句会の座興が元で御家を潰されたのでは死んでも死にきれないでしょうな。どうですか、あながち、見当外れではないと存じますぞ」

　語ってから、「愚かなる者は思うこと多し……でござります」と芭蕉の名言を言い添えて、

「まこと、愚者のわしは様々に思い悩みましたぞ」

　と、北川を見た。

　北川は薄笑いを浮かべ、

「ふん、よう考えたではないか。そうじゃ、その通りじゃ。棚から牡丹餅、座興がとんだ大手柄になった。まあ、結果よければすべてよし、じゃ。さあ、白雲斎殿の書付をもらおう」

　と、右手を差し出した。

　左膳が懐中から書付を取り出し、北川の前に置いた。北川は手に取り、書付を広げ

る。

「これは……」

目を見開き、広げた書付を左膳に投げて寄越した。書付は白紙であった。

「それが、白雲斎さまのお考えです。つまり、五年前の一件に関して自分になんら落ち度はなかった、また鈴鹿一之進殿を奥羽守護職になど、推挙せぬ、ということです」

淡々と左膳は返した。

「おのれ……」

北川は歯噛みした。

左膳は白紙の書付を囲炉裏に入れた。燃え上がる書付を見ながら、

「天罰党に脅されましたか」

と、問いかけた。

北川は返事をしない。

「脅しに屈しましたか」

小馬鹿にするように笑い声を上げる。北川の顔が朱色に染まった。

「脅しになんぞ、屈するものか」

肩を怒らせ、北川は野太い声を発した。

「ならば、何故、鈴鹿家再興に手を貸すのですか。夢想庵での句会に参加した者たちが本田勘解由に斬られ、おまけに芭蕉の句を見立てに使われた……あなたさまは恐れ慄いたのではありませぬか」

左膳は北川を見据えた。

北川は両目を吊り上げて、

「馬鹿にするな！　わしはな、浪人ごときの脅しに怯えるような者ではない。利用してやったのだ。鈴鹿家の旧臣ども、天罰党をわしの出世にな。荒廃した三春藩領を復興させ、奥羽守護職という公儀の前例にない役目を作り、天罰党の乱暴狼藉を鎮めるのだ。すべてはわしの掌の上で踊っておるのじゃ。結果良ければ全て良し、わしは『間違いを犯さぬ男』なのじゃ」

囲炉裏の炎に揺らめく北川はおぞましい形相となっている。

「物は言いようですな」

左膳は冷笑を放った。

北川は立ち上がった。

「来栖左膳、図に乗りおって。高々傘張り浪人ではないか」

左膳もゆっくりと腰を上げた。

「傘張り浪人にも意地がござります。北川大和守さま、己が罪を償ってくだされ。あなたさまは自らの手を穢すことはなかったでしょうが、罪を免れるものではござりませぬ。楽しく句を詠んだ者たちを無残に殺した相手と手を組み、己が栄達を図る、など武士のすることではありませんな。出世のためには間違わなかったとしましても、人の道に背く所業、あなたさまは、『人として間違った男』でござります」

「ふん、生意気申しおって。もうよい。そなたは目障りじゃ」

北川は、「こ奴を殺せ！」と叫んだ。

引き戸が開き、風雨と共に男たちが飛び込んで来た。先日、左膳を襲った者もいる。加えて大柳玄蕃もいた。大柳の隣には大柳に似た男が立っている。本田勘解由に違いない。更に続々と敵が入って来て、土間に満ち満ちた。

狭い土間を埋め尽くした敵は二十人余りだ。

「来栖の亡骸にはどんな句を手向けてやろうかな。本田、考えておけ」

北川は大柳の隣の男に声をかけた。

「そうですな……嵐の晩の庵、過ぎ行く春……いっそ、拙者が句に詠みましょうかな」

勘解由はうれしそうな顔をした。

「そなたが詠むか、うむ、それもよかろう。傘張り浪人に芭蕉翁の句は勿体ない。あ、いや、勘解由を蔑んでおるのではないぞ」

北川の言葉に、

「蔑まれて当然、芭蕉翁は雲の上のお方ですからな」

勘解由は言った。

「俳諧遊びの前に、おまえたち自身の心配をした方がよいぞ」

左膳は囲炉裏端に置いた大刀を摑むと、腰に差した。

すると、奥から足音が聞こえた。

襖を蹴破り、兵部が入って来た。淳之介も続く。二人とも紺の道着に身を包んでいる。

「親父殿、待ちくたびれたぞ」

兵部は左膳に声をかけた。

淳之介は勘解由を見据え、

「本田勘解由だな」

と、問いかけた。

「いかにも、わしは本田勘解由だ」

それがどうした、と勘解由は言い添える。

「父、小出龍之介の仇、正々堂々と勝負せよ」

淳之介は叫び立てた。

勘解由の顔に薄笑いが浮かんだ。

「そうか、おまえ、小出龍之介の倅か。小出、手練れであったが歳のせいかそれとも俳諧に耽溺し過ぎたせいか腕は衰えておったな。おまえは、小出の血を引いておるのだ。相手に取って不足のないことを願うぞ」

余裕たっぷりに淳之介の挑戦を勘解由は受けて立った。

「よし」

淳之介は勇み立った。

北川が、

「仇討ち見物なぞ不要。はやいところ、この者どもを片付けろ」

と、大柳たちに命じた。

敵は刀の柄に手をかけた。

左膳たちに立ち向かおうとしたが、機先（きせん）を制するように兵部が斬り込んだ。狭い土間に群がる敵は同士討ちを避け、抜刀できずにいる。そこを兵部が斬撃を加えたものだからたまらない。

右往左往しながら防戦一方となった。

「表に出るぞ！」

勘解由が怒鳴り、大柳と共に雨戸をけ破った。激しい風雨をものともせず、天罰党も続く。

雷光が走り、雷鳴が轟いた。

草ぼうぼう、荒れ野同然の庭で敵が蠢く。

北川は兵部と淳之介が潜んでいた奥の間に入った。

「おのれ！」

淳之介は気を昂らせ、庭に向かおうとしたが、

「おれと一緒に来い」

兵部は諌めて淳之介を従えながら庭に降り立った。

敵が二人を囲もうとした。

そこへ、左膳が斬り込んだ。

泡を食った敵に兵部が刃を振るう。敵は算を乱した。散りじりになった敵を左膳は

追いつめる。

「しっかりせよ！」

なんと、勘解由は及び腰となった天罰党の一人に掃い斬りを放った。右手で無造作に大刀を横一閃にさせただけだ。それが流星のような煌めきを放ち、一瞬のうちに相手の胴を割った。

雨中に倒れ伏した仲間を見て、天罰党の面々は闘争心を蘇(よみがえ)らせた。雨に打たれながらも殺気に満ちた目をしっかりと見開き、左膳や兵部、淳之介に迫る。

血に飢えた獣の集団と化した天罰党は、競うように襲って来た。最早、味方同士の相討ちを気にする素振りもない。たとえ味方を傷つけようがお構いなしで左膳たちを仕留めるつもりだ。

天罰党の只ならぬ殺気は淳之介にも伝わり、刀を握る手が震え始めた。

左膳と兵部は腰を落とし、突きの構えを取った。

すると、雨空から傘が降ってきた。

開かれた傘は朱色、紺、橙(だいだい)、紫……彩り豊かな傘が天罰党の只中に舞い落ちた。

瓦が剝(そ)がれ落ちた練塀に立った長助の仕業だ。

殺気が削がれ、天罰党の動きが鈍(にぶ)った。

左膳と兵部は同時に飛び出し、次々と突きを繰り出した。敵の悲鳴は雷にかき消されながらも、草むらに倒れ伏す。

天罰党に再び恐怖心が充満した。

一人が悲鳴を上げながら庵から逃げ出した。それがきっかけとなり、逃亡者が続き、庭には大柳と勘解由のみとなった。

「雑魚はいなくなった。兄上、我らこそが真の剣客ぞ」

勘解由は悠然と大柳に語りかけた。

「その通りだ」

大柳も余裕に満ちた笑みを浮かべる。

「大柳殿、剣に魅入られ、血に飢えた悪鬼と化しましたな」

左膳は語りかけた。

「好きに申せ。大柳玄蕃は死んだのだ。ここにおるのは、剣の求道者、剣を極めるためには人を斬るのも辞さぬ」

大柳は自らの大刀を翳し、「虎徹だ」と誇った。

「死人に口なし。斬られても文句はあるまい」

左膳は大柳と対峙した。

一方、兵部は勘解由に、

「来栖兵部、小出淳之介殿に助太刀申す」

と、言い放った。

「返り討ちにするまで」

言うや勘解由は雑草を蹴立てて淳之介に駆け寄った。雨水が飛び散り、稲光が勘解由の鬼の形相を浮かび上がらせる。

それでも、淳之介はひるまず突きの構えで待ち受けている。

「でやあ！」

大音声と共に兵部が横から勘解由に突っ込んだ。勘解由は兵部の刃を受け止めた。刃と刃がぶつかり合い兵部と勘解由は鍔迫り合いを演じた。

お互い、一歩も引かず相手を圧倒しようとする。こうなると、六尺に余る兵部が有利だ。上から圧し掛かかり、勘解由を圧倒した。

勘解由はじりじりと後退し、松の木に背中がぶつかった。

「今だ！」

絶叫と共に兵部は飛び退き、同時に勘解由の太腿を斬った。

勘解由の顔が歪んだ。

「父の仇！」

刀の切っ先を正面に据え、淳之介は勘解由に突っ込んだ。

「ううっ」

呻き声と共に勘解由は大刀を落とした。

淳之介の刃が深々と勘解由の胸を刺し貫いていた。


左膳と大柳は五間程の間合いを取った。

大柳が必殺の掃い斬りを仕掛けてくることは明らかだ。左膳は正面切って大柳の掃い斬りと対決するつもりだ。

左膳の心中を読み取り、大柳はにんまりとし、一旦大刀を鞘に納めた。

次いで、深呼吸をすると、

「いざ！」

裂帛(れっぱく)の気合いを発し、大柳は右手で鞘を摑んだまま走り出した。風雨を切り裂く疾風のように黒い影となって大柳は左膳の間近に迫った。

大柳は抜刀した。

稲光を受け、凶刃は鈍い煌めきを放った。

と、左膳は前のめりに転倒した。

草むらに倒れ伏す直前に両手を突き上げる。

大柳の刃は空を斬り、左膳の大刀は大柳の下腹を下から斜めに刺し通し、切っ先が肩の下に突き出た。

必殺の来栖天心流剛直一本突きが決まった。

夢想庵の庭は敵の血と泥で戦場の様相を呈した。そこには、風情の欠片もない。

それでも、

「夏草やつわものどもの夢のあと……」

左膳の口から芭蕉の有名な句が発せられた。句を詠んでから左膳は立ち上がり、

「季が違うが仕方がないな」

と、呟いた。


小春で左膳はおからを肴に一杯飲んだ。今日も朝から雨が降っている。

北川大和守和重は切腹、鈴鹿一之進は隠居させられた。旗本鈴鹿家は一之進の息子が継ぎ、存続を許された。平安貴族に繋がる名門武家が絶えるのを幕府は惜しんだ。白雲斎も一之進の助命と鈴鹿家存続を幕閣に訴えたそうだ。

北川は格好の読売のネタにされ、「間違いを犯さない男」が「大間違いの男」あるいは、「勘違いの男」などと揶揄されている。

「お疲れのご様子ですこと」

春代が声をかけてきた。

雨続きとあって店内の客は左膳一人だ。

「雨は傘張りにはありがたいのだが、いささか根を詰めて張り過ぎた」

左膳は右の拳で左の肩をぽんぽんと叩いた。

「あら、それはいけませぬこと」

春代は左膳の背後に回った。

左膳が振り返るのを制して肩を揉み始めた。

「まあ、凝っていらっしゃいますね」

言いながら小春は両手に力を加えたり緩めたりを繰り返す。肩と共に気持ちも解れてゆくようだ。陰惨な殺しの探索、天罰党との刃傷沙汰で波立った心が和んでゆく。ほのかに香る春代の甘い匂いが心地よい。春代の肩揉みに身を委ねていると、

「まあ、きれい」

と、春代は手を止め天窓を見上げた。

いつの間にか雨は上がり、きれいな虹が架かっていた。

「ゆく春や雨上がって虹架かる……」

左膳は一句したためた。我ながら駄句もいいところだ。詠んでから恥ずかしくなった。春代に聞かれたのが悔やまれる。

春代はきょとんとなって、

「今の俳諧ですか」

と、左膳の顔を覗き込んだ。

「あ、いや、俳諧のようなものだ。気にするな。出任せに呟いたままで」

照れ隠しに左膳は空咳（からせき）を二度、三度してから、

「肩、随分楽になった」

と、礼を言った。

「では、来栖さま、わたしの肩も揉んでくださいまし。歳のせいか肩凝りが激しくて」

春代は左膳の横に座った。

「よかろう」

左膳が承知すると、

「図々しくてすみません」

春代は背中を向けた。

左膳は両手で春代の肩を優しく摑む。

雪のように白いうなじが目に眩しかった。

二見時代小説文庫

亡骸は語る　罷免家老 世直し帖 3

二〇二二年　四　月二十五日　初版発行

著者　瓜生颯太

発行所　株式会社 二見書房
〒一〇一-八四〇五
東京都千代田区神田三崎町二-一八-一一
電話　〇三-三五一五-二三一一［営業］
　　　〇三-三五一五-二三一三［編集］
振替　〇〇一七〇-四-二六三九

印刷　株式会社 堀内印刷所
製本　株式会社 村上製本所

ISBN978-4-576-22046-8
https://www.futami.co.jp/

瓜生颯太

罷免家老 世直し帖

シリーズ

以下続刊

① 罷免(ひめん)家老 世直し帖1 傘張り剣客
② 悪徳の栄華
③ 亡骸は語る

出羽国鶴岡藩八万石の江戸家老・来栖左膳(くるすさぜん)は、戦国以来の忍び集団「羽黒組」を束ね、幕府老中となった先代藩主の名声を高めてきた。羽黒組の諜報活動活用と自身の剣の腕、また傘張りの下士への奨励により藩を支えてきた江戸家老だが、新任の若き藩主と対立、罷免され藩を去った。だが、新藩主への暗殺予告がなされるにおよび、来栖左膳の武士の矜持(きょうじ)に火がついて……。

藤 水名子

古来稀なる大目付

シリーズ

「大目付になれ」――将軍吉宗の突然の下命に、一瞬声を失う松波三郎兵衛正春だった。蝮と綽名された戦国の梟雄・斎藤道三の末裔といわれるが、見た目は若くもすでに古稀を過ぎた身である。しかも吉宗は本気で職務を全うしろと。「悪くはないな」――冥土まであと何里の今、三郎兵衛が性根を据え最後の勤めとばかり、大名たちの不正に立ち向かっていく。痛快時代小説！

井川香四郎

ご隠居は福の神

シリーズ

以下続刊

① ご隠居は福の神
② 幻の天女
③ いたち小僧
④ いのちの種
⑤ 狸穴の夢
⑥ 砂上の将軍
⑦ 狐の嫁入り
⑧ 赤ん坊地蔵

「世のため人のために働け」の家訓を命に、小普請組の若旗本・高山和馬は金でも何でも可哀想な人たちに分け与えるため、自身は貧しさにあえいでいた。ところが、ひょんなことから、見ず知らずの「ご隠居」を屋敷に連れ帰る。料理や大工仕事はいうに及ばず、体術剣術、医学、何にでも長けたこの老人と暮らすうち、和馬はいつしか幸せの伝達師に！「ご隠居」は何者？ 心に花が咲く！

牧 秀彦

南町 番外同心 シリーズ

以下続刊

① 南町 番外同心1 名無しの手練

名奉行根岸肥前守の下、名無しの凄腕拳法番外同心誕生の発端は、御三卿清水徳川家の開かずの間から始まった。そこから聞こえる物の怪の経文を耳にした菊千代（将軍家斉の七男）は、物の怪退治の侍多数を拳のみで倒す〃手練〃の技に魅了され教えを乞うた。願いを知った松平定信は、『耳嚢』なる著作で物の怪にも詳しい名奉行の根岸に、その手練との仲介を頼むと約した。新シリーズ第1弾！